新潮文庫

かくも水深き不在

竹本健治著

新潮社版

10710

目次

かくも水深き不在

光学は石に記述す暦学は水に記述す蠟涙《ろうるい》の垂る

鬼ごっこ

空にはどろどろと鉛色の雲が渦を巻いていた。いや、渦巻いていたのは雲だけでない。周囲の空気も噎《む》せるほどの湿気を含んで、膚《はだ》にまつわりつくようにゆっくり流動していた。

眼の前に緑の門がある。と言っても、実際の門ではない。大きく枝をひろげた灌木《かんぼく》。驚くほど丈高くのびた草。犇《ひしめ》くように絡《から》みあって繁《しげ》る蔦葛《つたかずら》。それらがまるで巨大なアーケードをかたちづくっているのだ。その入口付近こそ、草ぐさの明るい緑が色とりどりに美しかったが、その少し奥はもう分厚く折り重なった梢《こずえ》の天井に遮られて、深い木《こ》の下闇《したやみ》に鎖《とざ》されていた。

その闇を眺めているうちに、何だか背筋にじわじわと冷気がひろがってきて、僕はそこから眼を離した。まわりにいたのは友達のポン吉、タカ、ジミー、かっちゃん、フウ太だ。みんなの顔にもうっすらと不安げな表情が貼《は》りついている。ふと、ポン吉だけがうしろの方向に顔を向けているのに気づいて、僕も振り返ると、丘のむこうにギザギザ屋根の灰色の建物があって、バカ高い煙突からもくもくと黒い煙が立ちのぼっていた。

それが焼き場というのは知っていた。そう、火葬場だ。ただ、こんなに近くで見たことはない。遠景のイメージしか記憶にないので、これほど煙突が威圧的とは思わなかった。多分、みんながここに近づこうとしないので、僕も近くまで来る機会がなかったのだろう。手前の丘のへりに真っ赤な花がびっしり並んで咲き乱れているのも、何とはなしに不気味だった。

僕らはお互い何も言わなかった。そして誰からともなく、ゆっくり緑の門に向かって歩きだした。僕らはそこに行かなければならないのだ。それは今さら口に出さなくても、みんなが分かっていることだった。

地面は隙間《すきま》がないくらいにびっしりと草に覆《おお》われていた。それでも足裏の感触から、まるで湿地のような土の柔らかさが感じ取れる。緑のアーケードのなかにすっかり踏みこむと、濃厚な草いきれのせいで、ますます噎せるような息苦しさに襲われた。

確かにその一角を取り巻く光景は、色合いや明暗の異なる緑が様ざまに折り重なって、魂が引きこまれそうなくらいに美しかった。緑だけでなく、白や黄色や紫の花ばなも鮮やかなアクセントを加えている。けれどもその奥に眼をやると、梢の天井にすっかり覆われた暗がりはいっそう不気味でもの恐ろしかった。

よくよく眼を凝らせば、その暗がりのさらに先に、建物の壁らしい石組みが見える。別の場所では、剝《は》げ落ちた漆喰《しっくい》の下から煉瓦《れんが》が覗《のぞ》いているようだ。和風の建物ではない。大きな洋館だろう。実際に足を踏み入れてみるまで、こんなところにこんな建物があるとは知らなかった。

そして僕らは分かった。言葉に出さずとも分かりあっていた。この建物こそが僕らの目的地なのだ。

だから僕らは恐る恐る近づいていった。奥に踏みこめば踏みこむほど、青臭い熱気で息がつまりそうになる。額《ひたい》よりも早く、後頭部の下側から汗がじわじわと流れはじめて、その感触が気味悪かった。

たまらないのは、僕らの進軍に驚いたかのように、足元から次々と舞いあがってくる半透明の羽虫だ。もともと虫が嫌いなジミーなんて、そのたびにきゃあきゃあ言いながら両手を振りまわしていたが、あんなに叫んでいると、逆に口のなかにはいっちゃうんじゃないのかな、と心配になった。

そんな状況を我慢しながらあちこち手分けして捜しているうちに、タカが草に埋もれた小さなポーチを見つけた。庇《ひさし》の部分が半分以上崩れ落ちて瓦礫《がれき》の山になっていたが、その奥にはぽっかりと黒い玄関口が開いている。僕らは一人一人その瓦礫を乗り越えて、穴倉のなかにはいっていった。

もしもその奥が真っ暗だったなら、結局は引き返さなければならなかっただろう。だけど幸か不幸か、上のほうに明かり取りの窓がいくつもあいているらしく、眼さえ慣れれば充分に歩きまわれるほどだった。そこは大きなホールで、正面中央にはカーブを描いてふた手に分かれた階段があり、その両脇《わき》には地下への階段口が、そしてホールの左右からは長い廊下がのびていた。

「どうする？」と口を開いたのは、いちばん気の小さいフウ太だ。

「どうするったって、どうもこうもあるかよ。とにかくひと通り見てまわらないといけないんだろ」

そう答えたポン吉の言葉に、僕らは改めて顔を見交わした。そうだ。ひと通り見てまわらなければいけない。それが僕らに与えられた使命だ。

「それにしたって、みんなでいっしょに？」

「それはちょっと能率が悪いかな。適当にバラけてまわればいいんじゃない？」

「分かった」

そんなやりとりだけで、僕らは自然に何チームかに分かれた。僕はポン吉とかっちゃんだ。ほかの三人がどう組んだのか、もしかしたらみんなバラバラになったのか、そっちはあまり気にしなかった。

僕らは中央の階段をあがった。とりあえず地下に行く気にはなれなかったし、廊下に向かうよりは、ちょっとでも上に近づくほうがこの暗さから逃れられるという期待が頭の隅にあったのだろうか。だけど、それなら大きな見こみ違いだった。枝分かれした階段の左側を選び、そのまま二階の廊下にはいると、一階の廊下よりも暗くて見通しがきかなかったからだ。

だから僕らはちょっとあせった。どこでもいい。近くに部屋は？　眼を凝らしながら見まわすと、少し離れたところにドアがひとつ見つかった。頑丈そうな木製のドアだった。白カビと黒カビがいちめんにまだら模様を描いている。禽《とり》の爪《つめ》みたいな恰好《かっこう》をしたノブは真鍮《しんちゅう》らしく、さわると意外なくらいつるつるしていた。鍵《かぎ》はかかっていないものの、蝶番《ちょうつがい》が錆《さ》びついているらしく、ギシギシ軋《きし》んであけるのに苦労した。やっとのことで人ひとり通れる隙間を作り、なかにはいると、その部屋は廊下よりはずいぶん明るく、大きな肖像画がいっぱいかかっているのが眼にとびこんだ。

古い洋館によくあるような写実的な画風ではなかった。顔も体も奇妙に誇張されている。むしろ子供の落書きを下絵にして、それをリアルに色塗りしたような感じだ。しかも初めのうちはそれほどでもなかったのに、奥のほうに進んでいくにつれて、どんどん壊れた画風に変わっていくのが気味悪かった。

「何だこれ。凄《すげ》えな」

　ポン吉が指さした絵は、もう人間の体裁も留めていなかった。眼らしきものが三つあり、その二つはぽっかりとあいた単なる穴だ。残り一つの中央の眼は真っ赤に血走り、鼻も口もない顔は逆に藍《あい》で染めたようだった。さらに恐ろしいのは、髪型がどうやら少女らしいことだ。背景にはギザギザの黄色い稲妻が網目状に走り、激しい怒りや憎しみや苛立《いらだ》ちがまざまざと伝わってきた。

「ここにはこんなのばっかり住んでたのか？」

「まさかあ」と、かっちゃん。

　そして次が最後の絵だったが、そこにははっきりした輪郭さえなかった。眼の位置に赤い二つの点と、櫛歯《くしば》のような牙《きば》を剝《む》き出した三日月形の口が、夜の庭園のような背景のなかにぼんやりと浮かんでいた。

　さっきの絵ほど露骨な毒々しさはないのに、その絵がいちばん恐《こわ》かった。ポン吉もかっちゃんも言葉さえ出せずに眼を吸いつけられている。僕も同じだ。どうしてこんなに恐いのだろう。そう思うくらいに、細かな震えがいくらでも背筋を這《は》いあがってきた。僕らはしばらくそんな状態で凍りついていたが、つきあたりの壁にドアを見つけて、急いでそこから次の部屋に抜けた。

その部屋には衣装箪笥《だんす》や化粧台や姿見といった家具が並んでいた。奥には天蓋《てんがい》つきのベッドもある。ただ、どれも埃《ほこり》が厚く積もり、あちこち蜘蛛《くも》の巣だらけだった。あいたスペースを通り抜けようとするだけで、顔や腕にも蜘蛛の巣が絡まってくる。ジミーほどの虫嫌いでないかっちゃんも、これには何度も悲鳴をあげていた。

そしてさらに次の部屋。そこは枯れた草木の山だった。どうしてこんなところにと驚いたが、室内で栽培されていた植物の残骸《ざんがい》なのだろう。よく見ると幾段にも拵《こしら》えられた立派な花壇もあったし、蔓《つる》を絡ませるための柵《さく》や棚もあった。今も夥《おびただ》しい数の蔓草が、枯れたまま柵や棚にびっしりと巻きついている。ところどころに乾涸《ひから》びた果実がまるで老人の黒子《ほくろ》から突き出た角《つの》のようだった。

その部屋にはドアが三つあり、その一つを抜けると再び廊下に出た。さっきの廊下とは違うだろう。けれども暗さは同じようなものなので、僕らはすぐ近くに見つけたドアからまた部屋にはいった。

そうやって僕らはいくつの部屋を巡り、何度廊下との出入りを繰り返しただろう。階段も見つけて上にのぼった。いっそ、いちばん高いところまでのぼってしまおうという気持ちだったが、その階段は一階上にあがったところで途切れてしまって、そこが最上階かどうかも分からなかった。

仕方なく、上への階段が見つかるまで、僕らはまた部屋を巡った。不思議な部屋がいくつもあった。周囲が鏡だらけの部屋。すべてがさかさまになった部屋。床も壁も天井も複雑な形状に入り組んだ部屋。ヌメヌメした光沢のパイプが犇きあって、シューシューと蒸気を噴きあげている部屋。そして狂ったような凶々《まがまが》しい紋様が壁いちめんに描きつけられた部屋を抜けようとしていたとき、

「オーイ。いるかぁ。いたら返事してよォ」

そんな声が聞こえた。

「いるよォ。どこなんだぁ」

大声で答えると、パタパタと足音が重なりながら近づいてきて、向かい側のドアから駆けこんできたのはタカとフウ太だった。

「ああ、ここだったか。ジミーは見なかった？」と、フウ太。

「知らないよ。君たちといっしょだったんじゃないの」

「初めは僕とね。だけど気がついたらいつのまにかいなくなっちゃって、それからいくら捜しても見つからないんだよ」

フウ太はすっかりオロオロ顔だった。

「はぐれたのはどこで？」

「一階だよ。しばらくあとにタカに会ったから、いっしょにあちこち声かけてまわったけど、全然返事もなくて――」

すると、いつも無口なタカがぽつりと口を開いて、

「俺、聞いたよ。叫び声を」

その言葉には、フウ太もぎょっと眼を見張った。

「聞いたって？　ジミーの声を？　どうして今まで黙ってたんだよ！」

「聞こえたのはお前と会う前だ。やっと聞こえるくらいに遠くのほうだったから、誰の声かも分からなかったし」

ポン吉も思いきり眉《まゆ》をひそめて、

「僕らはそんな声出してないから、ジミーの声としか考えられないな。そうすると、やっぱり何かあったんだ」

そう言い切った。

「何かって、何が……？」

囁《ささや》くように訊《き》いたかっちゃんに、

「鬼だよ」

タカが再びぽつりと呟《つぶや》いた。

その瞬間、僕の頭にピリッと電気のようなものが走った。あ、そうかという感覚だった。きっとほかのみんなも同じなのだろう。はっとした表情を浮かべたあとは、誰もどういう意味か訊き返そうとしなかった。

そうだ。そうだった。

鬼だ。

ここには鬼がいるのだ。

初めから分かっていたはずだった。僕らがここに来なければならないというのと、そのことは初めからセットで分かっていたはずなのだ。それなのに何をぼんやりしていたのだろう。どうして頭から切り離していたのだろう。

いや。そんなことより、問題は鬼だ。きっとジミーは鬼につかまったのだ。

つかまった？

ちょっと違う。頭の片隅でそんな声がした。つかまったんじゃない。鬼のやり方はそうじゃない。奴《やつ》らは実際に僕らをつかまえたりなんかしないだろう。そうだ、奴らはただ——。

「ジミーは鬼に見られたんだ」

いつもは無口なくせに、タカはそこまで言ってしまった。僕はぞっと震えた。冷たいものがいくらでも背筋を這いあがってきて、身震いせずにいられなかった。見ると、フウ太も、そしてかっちゃんも真っ青な顔で、はっきり眼に見えるほど細かく肩を震わせていた。

「で、だとしたらどうすんだ？」

不貞腐《ふてくさ》れたように投げかけたのはポン吉だ。だけど誰もそれに答えようとしなかった。僕らはそのまま長いあいだ黙っていた。もちろん答えはある。たったひとつ、それしかない答えが。それは「逃げよう」だ。ただ、どうしてもその言葉の裏から切り離せない「ジミーを見捨てて」というフレーズが恐くて、誰もそれを自分から言い出したくないのだ。そして、だからこそ、自分以外の誰かからそれを引き出そうとするポン吉の問いかけは卑怯《ひきょう》だ——と僕は思わずにいられなかった。

ともあれそれが全員共通の想《おも》いだったので、僕らはお互いに相談することもなく、まっすぐ一階に向かった。一階までじかに続いている階段が見つからなかったので、二階で再び下りの階段を捜しまわらなければならなかったが、どうにかそれも見つけて一階にはおりられた。けれども、そこでいくら歩きまわっても、不思議なことにあの玄関ホールはなかなか見つからなかった。

初めは、あれ、おかしいなという程度だったが、見落としがないよう丹念に歩きなおしてみても、やっぱりどうしても見つからない。念のためにもう一度同じことを繰り返しているうちに、背中にのしかかった恐ろしい考えがどんどん巨人のようにのびあがって、今にも押しつぶされそうになった。

玄関ホールが消えている？

そうとしか思えなかった。頭のなかに描いたマップでは、建物の内周を隈《くま》なく辿《たど》ったはずなのだから。

「全部見てまわったはずだよな」

ポン吉が上目遣いに僕らを見まわした。

「ああ、間違いない」と、タカ。

「消えてるよな」

「ああ、消えてる」

ポン吉はくしゃっと顔を顰《しか》めて、

「もう出られないってことか。くそっ。冗談じゃないぞ」

　今度は自分からその言葉を口にした。

　けれどもそのとき、僕らはそれ以上に恐ろしい事態に立たされていたのだ。初めにそのことに気づいたのはかっちゃんだった。

「あれ。フウ太は？」

　僕らは慌《あわ》てて周囲を見まわした。

　いない。

　フウ太がいない。どこにもいない！

「そんな。だって、ついさっきまでいっしょに――」

　ポン吉がフウ太のいるべき場所を指さそうとしたが、その指先は虚《むな》しく宙をさまようばかりだった。

　あの臆病《おくびょう》なフウ太が一人で列から離れたり、グズグズしていて置いてけ堀を喰ったりするはずがない。絶対に、そんなはずはない。

「フウ太も鬼に見られたんだな」

　宣告するようなタカの言葉に、僕らはぞっと震えあがった。けれどもそれで終わりではない。続けてタカの口から出たのは、さらに血も凍るような言葉だった。

「やっぱりそうだ。お前らも分かってるんだろ。鬼に見られた奴が鬼になるんだ」

小さく悲鳴をあげながら、かっちゃんは両手で顔を覆った。僕も声こそあげなかったが、膝《ひざ》がワナワナと震えだして、どうしても力をこめることができなかった。

「ああ、ヤバいよ。早く逃げないと！」

地団太踏むように言いたてるポン吉に僕は、

「逃げるって、どこへ？」

「そんなの知るかよ。とにかくじっとしてたらヤバいって！」

するといちばん落ち着いた素振りのタカが、

「確かに同じところでじっとしてると、いつかは必ず見つかるだろうな。けど、あちこち動きまわると、接触を引きのばせる可能性もあるけど、逆に早めちまう可能性だってあるだろ」

ポン吉はそれにますますいきり立って、

「だからどうだってんだ！　俺はちょっとでも先のばしできる可能性を選ぶぞ。動きたくない奴はそうしてろよ！」

そう言い捨てて、今にも立ち去ろうとする勢いだったが、

「まあ待て。誰も動きたくないとは言ってないだろ。それにいろいろ動きまわれば、

別の出口が見つかる可能性も出てくるしな」

その意見には僕らも異論のあるはずがない。どのみち今にも鬼がやってくるんじゃないかという状況で、とてもじっとしている気にはなれなかった。

そそくさと先頭きって歩くポン吉に、

「でも、とにかくアテはないんだろ。どうするの」

僕が言うと、

「だから、そんなの知るかって！　俺は行きたい方向に行ってるだけだ。文句があるなら、別にいっしょに来なくていいんだぞ！」

ポン吉はさっきから破裂寸前の癇癪玉《かんしゃくだま》みたいだ。かっちゃんは「そんな言い方しなくても」と言ってくれたが、僕はふと別の想いに囚《とら》われて、しばらく口を噤《つぐ》んでいた。

そうか。バラバラでいるより、いっしょにいるほうがいいとは限らないんだ。一人ずつ鬼になるんだったら、どっちでも同じことなんだ。

でも、僕はそれを口にしなかった。同じことなら、わざわざ喋《しゃべ》って何になるだろう。

それにこんな状況でバラバラに——一人になるなんてまっぴらだ。

だけどポン吉が急に足を止めて、そんな僕の想いをひっくり返すようなことを言い出した。

「そうだ。いっしょでもバラバラでも、どうせ危険度は同じなんだよな。だったらバラバラになったほうが逃げ道が見つかる確率が高くなるだけいいんじゃないか？」

「一人になれっていうの？」

　かっちゃんが蒼褪《あおざ》めた顔でぶるぶると首を振ったが、

「それは確かに一理あるね。ただし、一人が逃げ道を見つけたとき、それを必ずほかの人に伝える保証があるんなら、だが」

　タカは依然、いつになく雄弁だった。

「一人だけさっさと逃げちまうってわけか」

「この状況ではそれも無理ないんじゃないかな。逃げ道を見つけたあと、ほかの三人を捜してまわるのにどれだけ時間がかかる？　わざわざそんなリスクを冒す気になれるのか？　だいいち、そのうちの一人二人はもう鬼になってるかも知れないんだぞ。俺ならイヤだね。命あってのモノダネだからな」

　ちょっと考えて、

「それはそうかも知れないな」

　と、ポン吉も認めた。

「かと言って、逃げ出せたなら逃げ出せたで、一人だけだとあとの寝覚めが悪いだろ。

生きるも死ぬも初めからいっしょのほうがよくはないか？　もちろん、俺は別行動がいいというんなら止めはしないが」

「別にそんなことは言ってないだろ」

頬をふくらませてポン吉は言い、結局僕らはそのまま集団で動くことになった。

とりあえず一階の探索を続行した。窓のある部屋さえ見つければ、そこから脱出できるはずだというのが、まず真っ先に考えつくことだったからだ。けれどもこれまでの探索から見当がついていたように、建物の内周はほとんどが廊下になっていて、窓のある部屋はほんのわずかだった。そしてその数少ない窓にも頑丈な鉄格子《てつごうし》が嵌《は》まっていて、とても脱出できるような状態ではなかった。

「一階はダメだな。二階に行ってみよう」

けれども二階も似たような状況だった。外壁に接した部屋の数こそ一階よりは多いが、窓は同じような鉄格子で鎖されているか、そうでなければガラスが嵌め殺しになっている。そしてどの窓からも分厚く折り重なった木々の梢しか見えなかった。

ひとしきり窓のある部屋をまわるにつれて、やっぱり無駄だという失望感がずっしりとのしかかってきた。逃げ道がなければ、結局鬼にされるのは時間の問題でしかない。一人ずつ。ランダムに。そんなのはイヤだ。イヤだ。今にもすぐ後ろに鬼が迫ってきている気配に脅《おびや》かされて、神経がチリチリと焼け切れそうだった。

「ああ、くそ。このままジリ貧か!?」

ポン吉は唾《つば》をとばして喚《わめ》いた。その眼はすっかり血走って、鬼が来るより先に、彼のほうが感情を爆発させそうなのも恐かった。

「何階まであるのか知らないが、こうなったら最上階まであがってみないか」

タカがそんな提案を持ち出した。

「それでいったいどうなるって？」

「直接脱出は無理かも知れないけど、もしかしてまわりを見おろせるような場所があれば、何か対策を立てられるかも」

「そうだね。どうせダメもとなんだから、やってみる価値はあるんじゃない」

僕が急いで賛同すると、かっちゃんもウンウンと頷《うなず》いてくれた。

いったん三階には行っていたので、そこまではすぐに逆戻りできた。問題は、さらに上へと続く階段があるかどうかだ。廊下をひとまわりすればすぐに見つかるだろうと簡単に考えていたが、ただでさえ真っ暗な上に、迷路のように曲がりくねったり枝分かれしたりしていて、いくらぐるぐる巡ってもいっこうに見つからなかった。

もう僕らは汗だくだった。蒸し暑さのせいだけではないだろう。ヌルヌルした冷たい汗は恐怖や焦燥のせいに違いない。

「もうここが最上階なんじゃないのか？」

「そうかも知れないが、廊下じゃなくて部屋に階段があるのかも」

「ヤレヤレ」

　そんななりゆきで、僕らは再び部屋部屋を巡ることになった。やっぱり不思議な部屋がいくつもあった。比喩《ひゆ》が成り立たない部屋。葉緑素と新学説に充《み》たされた部屋。栴檀《せんだん》の葉が真っ赤なぺてんを乱反射させている部屋。クレドが廃座をむするぎに創鋼させている部屋。そして僕らは汗みどろになりながら、ようやく物置みたいな部屋で階段を見つけた。

　狭くて急な階段だった。おまけに木製の踏み板が腐ってぶよぶよで、カビ臭いにおいも凄かった。真っ暗なので、壁がどんな状態なのか分からず、虫やナメクジがびっしり貼りついているのを想像してしまい、ひたすら固く身を縮めて階段をのぼった。

　あがったところも屋根裏部屋みたいに天井の低い、圧迫感のある部屋だった。埃まみれの何かが干した昆布のように天井からいっぱい垂れさがり、それが顔にかかって驚かされた。かっちゃんも悲鳴をあげながら手探りで壁を伝い、もう少し明るく広い部屋に出た。

「ああ、くそ。ひどいめにあったな」

ポン吉が髪や肩の埃を力いっぱい叩《たた》いて払い、さてというふうに部屋を見まわした。そのとき、

「タカは？」

かっちゃんがぎょっとするような怯《おび》えた声をあげた。慌てて僕も首をまわしたが、いない。

タカがいない。どこにもいない。

「嘘《うそ》だろ。ついさっきまで後ろにいたじゃんか。おい、タカ！　返事しろ！　タカ！」

ポン吉が大声で呼びかけ、ドアをあけて前の部屋まで覗きこんだが、やっぱりタカの姿はどこにもなかった。

「やだああああ！」

かっちゃんが叫んでしゃがみこんでしまったが、僕はこんなところでグズグズしていられないと、その手を取って無理矢理立ちあがらせ、もうひとつのドアのほうへひっぱっていった。

かっちゃんは泣いていた。僕だって泣きたい。タカまで鬼になってしまったなんて。

そして今度はその鬼に狙《ねら》われるなんて。だけど、泣きたい気持ちよりも恐怖のほうがはるかに大きかった。

無我夢中でいくつか部屋を通り抜け、廊下に出てしばらく走ったところでかっちゃんが崩れるように膝をついた。すぐに追いついてきたポン吉も両膝に手をつき、肩で息をしながら「ざけんなよ！」と毒づいた。

しばらく僕は震えていた。自分の肩を抱き、体をまるめて、震えていることしかできなかった。そうやって泣きじゃくるかっちゃんの声だけを聞いていた。

「いつまでもそうやってたってしょうがないだろ。行くぞ」

ポン吉に急《せ》き立てられて、僕らはようやくのろのろと立ちあがった。

そのまま廊下をぐるぐるとまわった。気のせいか、その階全体のスペースが三階までと較《くら》べてずいぶん狭くなっているようだ。とにかく階段は見つからなかったので、僕らは再び部屋の探索にかかった。

体の震えはいっこうにおさまらなかった。かっちゃんもひとしきり泣きじゃくったあとは、恐怖の揺り戻しのせいか、すっかり怯えきった子犬のようだ。ポン吉にしても、時どき自分の腿《もも》を力いっぱい殴りつけているのは、恐怖を追い払おうとしてのことだろう。

幸い、それほど時間がかからないうちに階段は見つかった。やっぱり真っ暗で狭い階段だった。ぶよぶよした板を踏み、息を止めながらのぼりきる。もしかしたら、また誰かがいなくなるんじゃないかと気が気でなかったが、三人で顔を見あわせてほっとした。

廊下を歩いてみると、その階のスペースはさらにいっきに狭まっているようだ。そのおかげで探索の手間は大幅に省けた。いくつめかの部屋にはいったとき、今までとは格段の明るさに驚いた。大きな円形の部屋だった。その周囲の壁を螺旋《らせん》階段が巡って、ずっと上へと続いていたのだ。

高い塔の内側に違いない。僕らは大急ぎで階段をのぼった。長い長い階段だった。もしかしたら永遠に続いているのではないかと思うほどだ。たちまち息が切れて、心臓も破裂してしまいそうだった。

それでもようやくのぼりきると、塔のてっぺんは四方がガラス張りの展望台になっていた。すぐに窓の一角に駆け寄り、下を覗いた。いちめんにひろがる木々の梢。その折り重なりには複雑な厚みの違いがあって、ところどころ途切れた部分から地上の様子が垣間見《かいまみ》えた。

「あれは？」

かっちゃんの声に、僕は指さす方向を見おろした。梢の裂け目にキラキラした人工的なものが見える。大きさからして建物には違いないだろう。ただ、この洋館本体からは少し離れた場所だ。

「何の建物？」

「ガラス張りっぽいな」

「森のせいで見えないけど、こっちと繋《つな》がってない？」

「一階はあれだけ隅ずみまで調べまわったんだ。通路なんかないだろ」

「もし繋がってたら、きっとあそこから抜け出られたのに」

「だよな。あそこに出入口がないわけないから」

そんなやりとりを聞いているうちに、僕は不意にぶるっと大きく身震いした。大変なことが頭に閃《ひらめ》いたからだ。

「何だ？」

「地下だよ！　もしかして、地下で繋がってるなんてことはない？　僕ら、一度も地下には行ってないから」

はっとした沈黙のあと、僕らは互いに顔を見あわせた。あるかも知れない、という暗黙の想いを読み取って、僕らは慌てて階段に駆け戻った。どのみち僕らが恐怖に耐えるためには、何でもいいから縋《すが》る藁《わら》が必要なのだ。そしていったん希望の光が見えると、そこまで辿りつけるだろうかという焦燥もどんどん際限なくふくれあがっていった。

道を捜しながら進むよりも、同じ道を逆戻りするほうがはるかに楽なはずだし、実際そうには違いなかった。とは言っても、それほどすんなりと記憶を辿れるわけではない。いったん見つけた階段がなかなか見つからないじれったさは、乗せられた鉄板の下から火で炙《あぶ》られる感じだ。それでも何とか捜しあて、四階から三階、三階から二階へと下っていく。そして一階まで戻れば、地下への階段の場所はみんなの記憶にも残っていた。恐くて足を踏み入れる気になれなかった地下――。その階段を僕らは駆けおりた。

もっと真っ暗だろうと思っていたのに、薄暗さは不思議にほかの階と変わらなかった。あの建物に通じる地下通路があるなら、それは建物の内周から出ているはずだ。そう見当をつけて、まず廊下をぐるりと巡った。さらに下りの階段があると面倒なことになってしまいそうだが、幸いそれは見あたらなかった。ただ、地下通路らしいものも見つからなかったので、内周に位置していそうな部屋をひとつひとつ見てまわった。

通路をまわったときに、候補の部屋は七つ八つくらいだとあたりをつけていた。本当はひと部屋ごとにもっと丹念に調べなくてはならないと思っていながら、火で炙られるような切迫感から、どうしても次へ次へとなってしまう。見落としをしていたらどうしよう。また頭から調べなければならなくなったら悲劇だ。そんな想いに引き裂かれながら四つ目の部屋にはいったとき、正面の壁に黒い口がぽっかり開いているのを眼にして、思わず歓《よろこ》びが声になって出るのをこらえきれなかった。

そのときだった。不意にかすかな冷気が膚を撫《な》でたかと思うと、

おおおおおおおおおおん……

はるか彼方《かなた》で鳴り響く霧笛のような音が空気を震わせた。

心臓が凍りつくようだった。ほかの二人もそうだっただろう。しばらくその場に釘《くぎ》づけになっているうちに、音はだんだん魔物の声みたいになって、

おいてくなああああああ……

おいてくなああああああ……

おいてくなああああああ……

そんなふうに聞こえた。それと同時に金縛りが解けて、僕らは言葉にならない叫びをあげながら穴倉にとびこんだ。

地下通路はこれまでのどの廊下や部屋よりも暗かった。そこを僕らは何度も躓《つまず》いたり転んだりしながら走った。声が出るのも止められなかった。地面はあちこちぬかるみになっていて、転ぶたびにどんどん泥まみれになっていくのが分かった。

　のわるおわあああああ……

近づいてくる。近づいてくる。そのことだけが頭いっぱいにひろがって、恐怖で体じゅうの神経が焼き切れそうだった。

　長い長いトンネルだった。走っても走ってもいっこうに光は見えてこない。もしかしたらこれは罠《わな》なんじゃないか。僕らはまんまと出口のない袋小路に追いこまれてしまったんじゃないか。そんな疑念がむくむくとひろがったが、どのみち僕らはそのまま走り続けるしかなかった。

　終点はいきなり来た。正面に立ちふさがった壁に顔面からまともにぶつかって、無数の火花が散ったかと思うと、折り重なって後ろにひっくり返った。

　行き止まり!?

　痛みなんかにかまってはいられない。僕らは慌てて立ちあがり、眼の前の壁を懸命に手探りした。するとすぐにポン吉がノブを見つけたらしく、「うおおっ」と声を力ませると、ギギギギと音をたててドアが開いた。

初めは棒のようだった眩《まぶ》しい光が横にひろがり、それが肩幅くらいになったところで、僕らは先を争うようにして光のむこうにとびこんだ。あまりの眩しさにしばらく眼をあけていられず、ようやく手を翳《かざ》しながら見まわすと、やけにだだっぴろい、全面ガラス張りの部屋だった。展望台から見たあの建物に間違いない。サンルームとでもいうのだろうか。中央に真っ白な円形のテーブルがあって、そのまわりをやっぱり真っ白な椅子《いす》が四つ囲んでいた。

建物の周囲は深い森だ。濃い緑がすぐそばまで迫っている。見あげるほど緑は明るくなり、いくつか巨大な枝がガラス天井の上にまでのびひろがっていた。

そして四方のガラス張りの壁にもぐるりと視線を巡らせた。二度、三度と巡らせた。だけど出入口らしいものが見あたらない。僕は冷たい手で心臓を鷲《わし》づかみにされた。

どの方向を見ても、格子状になった鉄製の横長の枠に、畳の何倍もあるガラスが整然と嵌まっているばかりだ。どこにも出入口のために作られたような枠はない。

「嘘だろ！」

ポン吉が喚きながらガラス壁に駆け寄った。僕らもそうせずにいられなかった。近づいてよく見ると、ガラスはそれぞれ枠の溝にしっかり嵌まりこみ、上からパテで塗り固められている。枠のほうも全体がひと繋がりになっていて、部分的に開閉できるような構造ではなさそうだった。

ポン吉はバンバンと乱暴にガラスを叩いていたが、ふと思いついたように部屋の中央に取って返した。そして椅子のひとつを両手で抱えあげ、再び走り戻ってきた勢いで、振りあげた椅子を思いきりガラスに叩きつけた。

バキッと大きな音をたてて椅子が砕けた。けれどもガラスのほうはビクともしていない。

「手伝え！」

今度は二人がかりでテーブルをぶつけてみたが、やっぱりバラバラに壊れたのはテーブルのほうだった。

「チッキショー。ダメか！」

「早くしないと、早くしないと――鬼が来ちゃう！」

泣き叫ぶかっちゃん。

「でも、変だよ。さっきの通路以外に出入口がないなんて、そんなはずないよ！」

僕が言うと、

「秘密の出入口か？　そうだな。どこかにあるはずだ。よし、手分けして捜せ！」

僕らは急いで三方向に散らばった。枠の部分にほかと違ったところがないか観察し

ながら、ガラスを押したり叩いたり、横にスライドしないか力をこめたりした。そうするあいだにも、

うおわああああ……

ぐふおわああああ……

のわるおわああああ……

汗まみれの膚を震わせながら、恐ろしい気配がどんどん近づいてくる。

ガラスを押す。叩く。横に滑らせようとする。隣のガラスを押す。叩く。横方向に力をこめる。そのまた隣のガラスを押す。叩く。横向きに力をこめる……。

ダメだ。間にあわない。もうすぐそこまで来ている。ほんのすぐそこだ。見られる。見られてしまう。勝手に手がぶるぶると震え、どっと涙まであふれてきた。

そのとき、不意に凄《すさ》まじい戦慄《せんりつ》が僕の全身を駆け抜けた。今まで僕の頭のなかには、ガラスがドアのように開くか、引き戸のように横にスライドするイメージしかなかったのだ。でも、もしかしたら回転するのかも知れない。そうだ、それも縦軸ではなく、横軸を中心に回転するとしたら？

僕はそれまで試したガラスを含めて、次々に床近くの部分を足で押してみた。そしてとあるガラスをぐいと押した途端に——

ぐるんと天地がどんでん返しに回転して、僕の体は建物の外に脱け出していた。

振り返ると、ガラスはぴったりもとのように閉じている。そして同時に、僕はありありと実感していた。ここはもう安全圏だ。鬼の力もここまでは及ばない。そうだ。僕は助かったのだ！

ガラスに手をかけて力をこめてみたが、この出入口は内側からしか開かないようになっているらしい。二人はまだこちらの出来事に気づかず、背中を向けたまま抜け道捜しをしている。早く。こっちだ！ 僕は大声で叫びながら、力いっぱいガラスを叩いた。すると先にポン吉が気づいて、弾《はじ》けるようにこっちに走ってきた。ちょっと遅れてかっちゃんも振り返り、泣きそうな顔で走りだす。そんな二人の様子から、声がむこうに届いていないと分かったので、僕はガラスがどんでん返しになっていることを必死に身振り手振りのジェスチャーで伝えた。

どうやらそれは何とか伝わったらしい。いち早く駆け寄ったポン吉がガラスの下側を足で押し、ぐるんと天地が回転したかと思うと、僕のすぐ横にとび出してきた。

「急げ！」

かっちゃんはポン吉より遠いところにいたし、足も遅いので、結果に何秒もの差ができた。早く！ 早く！ お願いだから早く！ 僕はガラスに顔をくっつけんばかりにして祈った。そしてようやくかっちゃんがガラスに手をかけたその瞬間——

むこうの空気の色がチリチリと変わっていくのが分かった。

泣きそうに歪《ゆが》んだかっちゃんの顔がガラスに貼《は》りついた。

いっぱいに涙を溜《た》めた眼。

救いを求める眼。

一枚のガラスを挟んで、その眼だけが大写しに僕の視界にひろがった。

その白眼にみるみる血管の網目がひろがっていった。何重にもびっしりと折り重なって、いちめん真っ赤に染まっていく。それと同時に黒眼全体が収縮して、たちまち瞳孔《どうこう》ほどの小さな点になった。

鬼の眼——。

そうだ。あの絵と同じ、鬼の眼だ！

たった一枚のガラスを隔てて、僕は鬼になっていくかっちゃんを見た。

＊　＊

＊

え？　これは何の話か、ですって？

もちろん、夢の話ですよ。

夢じゃつまらない、ですか。

まあ、仰言《おっしゃ》ることは分かりますよ。職業柄、僕のまわりにはいろいろ面白い話が転がっているはずだ。それなのに、わざわざ夢の話なんかされても、というわけですね。

あなたが想像されているほどではないと思いますが、もちろん、それなりに面白い話がないではないですよ。ただ、いちおう僕にも守秘義務というものがありますからね。軽がるしく患者さんの話をするわけにいかないのはご諒解《りょうかい》ください。

それに、この夢の話も充分に面白いと思うんですが。少なくとも、僕にとってはそうですね。まっさらに見てもなかなかよくできた話だし、まして専門的な立場からすれば、これほど興味のつきないテクストはそうないでしょう。

専門的といっても、いわゆる夢判断の対象としてではないですよ。そもそもフロイト先生の流儀はあまりにも〈自我や超自我による検閲〉を過大視しているように思えますね。まして、ユング先生のように〈集団的無意識〉を持ち出すのも論外ですし。多くの場合、象徴はさほど重要じゃない。解釈はもっと単純明快でいいというのが僕の意見です。

　これは患者が見た夢か、ですか?

　それはいちがいには答えにくい質問ですね。仮にAさんとしておきましょうか。Aさんと僕が金銭と医療を交換する関係にあるかといえば、そうではないです。あっさり、単なる知人友人と言ってしまってもいいでしょう。ただ、うんと広義にとれば、Aさんも心に病の部分を抱えていて、たまにその内奥《ないおう》を覗《のぞ》かせるような相談をしてくることがあるし、こちらもそのつど相手をしながら、いくらかでもそれを軽減できないかと思っている点で、近い関係にあるとは言えるでしょうか。

　Aさんはしばしば悪夢を見るそうですが、なかでもとび抜けて恐かった夢ということで話してくれました。最後に鬼の眼がアップになったところで眼が覚めて、汗びっしょりで起きあがっていたそうです。時計を見ると寝てから三時間くらいしかたっていなかったので、もう一度眠りにつこうとしたのですが、凄まじい恐怖がいっこうに薄れも和らぎもしないので、朝まで蒲団《ふとん》にくるまったまま、まんじりともしなかった。あんなことは初めてだと言ってましたね。

さて、Ａさんはどうしてこんな夢を見たのでしょうか。

いきなりそんなことを言われても困る、ですか。いえ、仰言る通りです。僕だって困りますよ。何十年か生きている人間なら、通常、何百何千という数の夢を見てきているはずですが、そのうちからたったひとつを取り出して、その意味や所以《ゆえん》を問い尋ねても、どだい無理な話ですね。ただ、僕とＡさんの場合、素材はこの夢だけでなく、普段の会話からいろいろ得ているデータと照らしあわせることができるし、またその限りにおいて、初めてなぜと問うことに意味が生じるでしょう。

端的に言って、この夢はＡさんの過去に起こった出来事が投影されたものだと思います。もちろん夢の内容そのままの出来事ではないですよ。なぜこんな舞台設定が選ばれたかという点には、たいした意味はないでしょう。この話でいちばん肝腎《かんじん》なポイントは、登場人物の一人である〈かっちゃん〉と〈僕〉の関係性なんです。

その前に、まず前提としてお断りしておかなければならないことがあるんですが、それは登場人物の名前です。この話を聞いたとき、僕はＡさんに、出てきた友達はみんな実在の人物なのかと訊きました。すると、違うというんです。夢のなかでは仲のいい友達という設定で、自分もすっかりその気になっていたけども、あとで思い出すと、実際にはそんな友達はいないというんですね。だからそれぞれの名前も、夢のなかでは必要がないから出てこなかったけども、いざこうして人に喋る場合は、それがないとどうしても説明が面倒になるので、即興で適当に名前をつけただけだということでした。

さて、そのことを諒解していただいた上でですが、Aさんの話には意識的にか無意識的にか、ある詐術《さじゅつ》が組みこまれていたんです。あなたはどうでしょうか。さっきの夢の話を聞いて、登場人物のなかに女性が交じっていると思いましたか？

僕も話を聞いたときには何も思わず、そのままやり過ごしてしまいました。話を思い返しているときに、ふと、かっちゃんが女の子じゃないかという疑問を持ったのは、ずいぶんあとになってからのことなんです。

いったん疑問を持つと、きっとそうだという想いがどんどんふくれあがっていきました。と言っても、叙述トリックを狙ったミステリのように、はっきり決め手になるような手がかりや伏線があるわけではないですよ。ただ、話のなかのかっちゃんの立ち位置というのか、特に、僕とポン吉とかっちゃんの三人を巡るスタンスが、かっちゃんを女の子と考えることによって、あるべき場所にいかにもしっくりおさまる気がするんです。

もちろん、そんな疑問はAさん本人に訊くのがいちばん確かで手っ取り早いでしょう。ですが、ある理由から、もうそのときには本人に確認が取れなくなってしまっていたんです。なので、さっきも言ったように、Ａさんが意図的にそのことを曖昧《あいまい》にしようとしたのか、そんな自覚もなく結果的にそうなってしまったのかも、残念ながらはっきりしないままなんですが。

ともあれ、その仮定のもとで話を進めますが、僕はこの夢に表象されているのは、女の子を救えなかったことへの罪悪感と捉《とら》えました。恐らく、Ａさんの過去に、それに類した出来事があったのでしょう。さらに言えば、それこそがＡさんの最大のトラウマと考えると、いろんな事柄がすっきり割り切れるというのも大きな補強材料でした。

いかがでしょうか。ひとまず導き出せた結論はこれだけなんですが、それなりに面白いとは思いませんか。それとも、これでは全然物足りないとお感じでしょうか。確かに、過去の事件というのが具体的にどんなものだったかはっきりしないのでは、少々肩透かしかも知れませんね。しかし、少なくとも僕にとっては、これからＡさんに対してどう対処すればいいかの見通しが立ったという点で、極めて大きな前進だったんです。

Ａさんは生きているのか、ですって？

そうか。さっき、本人に確認が取れなくなったと言ったので、Aさんはもう死んだのだろうと思われたんですね。いいえ、そうではないですよ。Aさんはピンピンしてますし、今でも僕と話す機会は多いです。そうでなければ、これからどう対処すればいいかと頭を悩ませる必要もないですからね。

ピンピンしてて、話す機会もあるのなら、どうして本人に訊いて確かめられないのか、ですか。

それは、もうAさんが自分のした夢の話を忘れてしまっているからなんです。そんな馬鹿《ばか》なと仰言られるんですか。でも、本当にそうなんです。

記憶喪失になったのかと？　いいえ、いわゆる一般的な意味での記憶喪失ではありません。Aさんはまだ若いですが、若年性の認知症というわけでもないです。

そうか、催眠術だろうと？　僕が催眠術をかけて、その記憶を消してしまったということですか。いえいえ。この天野《あまの》不《ふ》巳《み》彦《ひこ》、神に誓ってそんなことはしていませんよ。

もっとも、僕はガチガチの無神論者なんですが。

ああ、すみません。これは余計なことでした。それにだいいち、催眠術で消した程度の記憶なら、戻そうと思えば戻せますからね。

だったら、忘れたふりをしているだけとは考えられないか、ですか。ははあ、なるほど。

確かにその可能性を完全に打ち消すのは難しいですね。そんなことをしてもAさんにはどんなメリットもあるはずがないと主張しても、それは消極的な否定でしかない。人間はメリットどころか、リスクしかないことでもやってしまうじゃないかという反論の前には無効です。結局、あたかもミステリにおける〈作者からの但《ただ》し書き〉のように、この種の偽証の可能性は、より高次なロジカル・タイプからの介入、例えば、Aさんは嘘をつくと必ず小鼻が動いてしまうなどといった外的要件を持ちこまない限り、完全に排除するのは原理的に不可能なんですね。

実際、そこまで明瞭《めいりょう》な判断材料は僕も持ちあわせていません。言わば、状況証拠の寄せ集めでしかないんです。あとは診断に際しての僕の洞察力の問題——あるいは、それがどの程度信頼されているかの問題になるわけですが——ああ、いえ、そう言っていただけると面映《おもはゆ》いです。少なくともあなたの耳にはいったルートでは、僕の評判も悪いほうには嵩増《かさま》しされていなかったようですね。

いや、ほんのちょっと視点を変えれば、問題は極めて単純なんです。しかもこの場合、偽証ではないかという疑問を持ちかけたのはあなたですからね。いいですか。ある人物の発言の真偽がいったん問題となった場合、いずれであるかの証明が必要になります。けれどもたった一人、証明を必要としない人物がいる。それは、その発言をした本人です。だから今度はこちらからお尋ねしましょう。

あなたはこの夢の話を憶《おぼ》えてらっしゃいますか？

……………。

その驚きが、嘘でない証明に充分なってますね。ええ、そうです。僕にこの夢の話をしてくれたAさんというのは、あなたなんですよ。

ええ。

ええ、そうです。

嘘だと仰言られる気持ちはよく分かります。ですが、僕が嘘をついていないのは、それこそ僕にとっては証明の必要もない事実なんです。

そんなはずはない。だいいち、自分には女の子に罪悪感を抱かなきゃいけなかったような事件なんて、身に覚えがないと仰言るんですね。

そこは確かに検討しておかなければならない点です。夢自体の記憶やそれを僕に喋った記憶はごく最近のものですね。いっぽう、女の子を巡る出来事というのはもっとずっと古い記憶です。そんな時期の大きく異なる記憶をいっぺんに失うなんて、それこそ一般的なイメージの記憶喪失に近いんじゃないのか。そしてそれほど大きな記憶の欠落があるなら、本人にも自覚があるはずだろう。しかし自分にはそんなものはない、というわけですね。

これは推測でしかないですが、Aさんにはもともとその出来事の記憶はなかったのではないでしょうか。

ええ。そうです。Aさん自身、その出来事のことはすっかり忘れてしまっていたのではないかと。

つまり、こういうことです。その記憶が残っている限り、いつまでも辛《つら》い想いをひきずったまま生きていかなければならない。だから自己防衛のシステムが働いて、その記憶を壺《つぼ》に封じこめ、土中の奥深くへと埋葬してしまった。ところがその記憶はおとなしく眠り続けていたわけではなく、いつのまにか壺を割り、地下水が土中のわずかな隙間《すきま》を染《し》み伝うようにして、長い時間をかけて少しずつ這《は》いのぼってきていたのです。そしてとうとう最近になって、その記憶は夢のなかにまで染み出してきてしまった。あまつさえ、その夢の話を僕に喋りまでした。恐らく、喋ることで改めて内容を俯瞰《ふかん》し直したせいで、そこに含まれた危険性を察知できたのでしょう。そこで自己防衛のシステムが再び作動し、夢と、それを喋った記憶を消し去ったのではないでしょうか。

けれども既に浸潤《しんじゅん》がはじまっている以上、いくら穴をふさいでみたって、その場しのぎに過ぎないですね。いずれあちこちから噴きあがって、すぐに手に負えなくなってしまうでしょう。そうなれば、そのうちいっきにダムが決壊するような状況に陥らないとも限りません。

だから、まだ徴候があらわれた段階で僕に喋っておいて幸いでした。

そう。これでよかったんです。

何より、対処の方針が立ったのが大きいですね。今ならゆっくり解きほぐしにかかって、充分に間にあいます。僕はあまりこういう言葉は好まないのですが、どうか大船に乗った気持ちでおまかせください。

いかがでしょう。結果的にはいささか失礼な表現になってしまいますが、なかなか面白いと思いませんか。

いや、これはやっぱり失言ですね。忘れてください。

そう。では、まず、過去の出来事からですね。いえいえ、焦《あせ》る必要は何もありません。ゆっくりと、ひとつずつ、糸を解きほぐしていきましょう。

お互い信頼しあい、協力しながら、ひとつひとつ、ゆっくりとです。

そう、ゆっくりと。

ゆっくりと……。
そう……。
……。

恐い映像

何の気なく過ごしていた僕の平々凡々な日常に、突然あんなふうに罅《ひび》がはいるとは思ってもみなかった。
ただテレビを観《み》ていただけだった。仕事から帰ってきて、いつも通り誰も待っていない部屋にはいり、部屋着に着替え、焼酎《しょうちゅう》とサバ缶を用意して、炬燵《こたつ》でチビチビやりながらテレビを観ていただけなのだ。

観ていたのは何でもないバラエティ番組だった。変わりばえしない顔ぶれのタレントや芸人を集めて、チーム対抗のクイズをやるといった種類の。そして番組がはじまって二十分くらいした頃だろうか、ぼんやりテレビを眺めていたとき、突然体じゅうの血が凍りつくような激しい恐怖に襲われたのだ。

いきなり断崖《だんがい》絶壁から突き落とされた感覚だった。全身が硬直したひょうしにコップを取り落として、炬燵蒲団《ぶとん》を濡《ぬ》らしてしまったくらいだ。「あ……わ」と言葉にならない呻《うめ》き声まで洩《も》らしたと思う。けれども自分でも呆《あき》れたことに、その恐怖の理由が分からなかった。

恐怖のピークはほんの四、五秒くらいのものだった。だけどそれが過ぎ去ったあとも、血はいつまでも凍りついたままで、両手でいくら肩をさすっても温かみはいっこうに戻ってこなかった。

訳が分からなかった。あんなに物凄《ものすご》い恐怖だったのに、自分が何を恐《こわ》がっているのか見当もつかないなんてことがあるのだろうか。もしかしたら霊のせいなんじゃないか。あちこち彷徨《さまよ》っている邪悪な怨霊《おんりょう》がたまたますぐ後ろを通り過ぎていったんじゃないか。真剣にそんなことも考えた。そうでも考えないと、とても説明がつかないと思ったのだ。

とにかく、しばらくしても何事も起こる気配がないので、こわごわ雑巾《ぞうきん》を取りにいった。焼酎の量が残り少なかったので、大惨事にならずにすんだのは不幸中の幸いだ。そして手早く蒲団を拭《ふ》き終えると、こんなことは人生で一回限りだ、もう二度と決して起こらない、そう自分に言い聞かせながら炬燵に奥深くもぐりこんだ。

けれども、そうではなかった。すっかり酔いが醒《さ》めたまま、それから十分ほどしてテレビがＣＭの時間になったとき、再び激しい恐怖が全身を貫いたのだ。炬燵に深くもぐりこんだまま大きく体を震わせたために、今度は焼酎の瓶を転げ落としてしまった。

　そして今度は理由が分かった。ＣＭだ。赤い花が咲き乱れる風景の映像。前のときも同じＣＭが流れていたのを思い出した。きっとこれだ。これが僕の恐怖を呼び起こしたのだ。

　だけど、気を取りなおしたときにはもう次のＣＭに切り替わっていたので、今のが何のＣＭだったか分からなかった。普段もいちいち何のＣＭか注意して観たりしていない。ただ、さっきの映像に記憶はないので、今日初めて観たのは間違いないと思う。

　この番組が終わるまでに、もう一、二回はＣＭタイムがあるので、それで確かめられるはずだ。理由の見当がついたおかげで、漠然とした怯《おび》えはいくらか割り引かれたものの、また来る恐怖を今か今かと待つというのも、それはそれでたまらないものがある。じりじりする想《おも》いで時間が過ぎるのを待ち、ＣＭタイムにはいったときは息が止まりそうになるくらい緊張したが、正体を見極めてやろうという気持ちも強かったので、何とか眼を離さずに見続けることができた。

　それは有名家電メーカーのスキャナーのＣＭだった。山の紅葉、雪景色、真っ赤な花ばなと、色鮮やかな風景映像が五秒ずつ映り、男の低く渋い声でナレーションが流れるというものだった。そしてどうやら恐怖の引き金になっているのは、最後の花ばなの映像らしい。叢《くさむら》のあちこちに大きな石の瓦礫《がれき》が転がる廃墟《はいきょ》っぽい場所に、名前は知らない真っ赤な花が群生している風景だった。そしてその映像を観ていると、全身の体毛がざわざわと逆立ち、肩や手が勝手にぶるぶると震えだし、シーンと耳鳴りまでしてくるのだ。

　だけど、なぜこの映像が恐怖を呼び起こすのか、その理由はやっぱり分からなかった。花にも廃墟っぽい風景にも全く心あたりがない。それなのにどうしてこんなにも恐ろしいのだろう。いくら考えても手がかりひとつ見つからず、すっかり途方に暮れてしまった。

　大きな問題は、これが今日だけですまないことだ。どの番組にどんなスポンサーがついているかを綿密にチェックしていない限り、特定のＣＭだけを観ないですませるわけにはいかない。それでなくとも、番組と番組のあいだのＣＭタイムもある。不意討ちに来る恐怖を完全に避けるためには、テレビ自体を観ないでいるほかないだろう。

　だけど、それは困る。もともとテレビっ子だし、最近はただぼんやり眺めているだけの時間が多いとは言っても、やっぱりテレビは日々の疲れを癒《いや》してくれる何よりの必需品なのだから。

そんなわけで、その日から毎日ビクビクしながらテレビを観ることになった。ＣＭの時間が近づくとチャンネルを換えたり、どのチャンネルでもＣＭをやっているような時間帯にはＮＨＫを観たりという具合だ。けれどもそうやって意識すればするだけあの映像が意識に蘇《よみがえ》って、それだけでも体が冷たくなってくる。そんな日々が続くうちに、どんどん日常すべてが味気ないものに感じられてきて、とうとうたまらずに医者に相談することにした。

あてずっぽうに医者にかかるのも不安なのでまわりに打診すると、信頼できる精神科医がいると、友人の一人から強い勧めを受けた。天野という名の三十過ぎらしい医者だった。カウンセリングを受けてみたところ、確かに話をしているだけで緊張を和らげる独特の雰囲気があって、おかげでずいぶん気が楽になった。ただ、その医者に言われたのは、薬やいろんな療法で恐怖を和らげることはできるが、それだけではどうしても限界がある、完璧《かんぺき》な治療のためには、恐怖の根本的な原因を見つけて、それをまるごと取り除かなければならないというのだ。

もちろん、できるならそうしたい。いや、是非ともそうしなければ。だったら医者まかせにしておいていいはずはない。そう考えて、自分自身でも根っこを見つけるために動かなければと決心した。

まず、問題の家電メーカーに電話して、CMを作った会社を尋ねてみた。思ったよりも簡単に教えてくれた。その制作会社に電話したところ、しばらくして担当という女性に取り次がれた。

CMに使われている三番目の風景がどこの場所なのか知りたいと用件を伝えると、

「あ。ちょっとお待ちいただけますか」と言われて、声が遠のいた。その様子では、そばにいた人間にすぐ代わる感じだったのだが、なぜかずいぶん待たされたあと、再び女性の声が出た。

「お待たせして申し訳ありません。あの風景を撮影した者は今おりませんので、すぐには分かりかねるのですが」

「今すぐでなくてもかまいません。いつでしたら分かるでしょうか」

そう喰いさがると、

「あの、さしつかえなければ、どうして場所をお知りになりたいのか、お尋ねしてもいいでしょうか」

「ええ。実は、私、植物の研究をしておりまして、映像ではあの花は珍しい亜種のように見えたものですから、どこに生えているのか、実地に確認したいと思いまして」

あらかじめ考えてあった言い訳だが、けっこう説得力はあるのではないだろうか？

「分かりました。そういうことでしたら、明日までには確認できると思います。ただ、私もずっとこちらにいられるとは限りませんので、分かり次第、こちらから連絡さしあげるということで宜《よろ》しいでしょうか」

「そうして戴《いただ》ければ有難いです」

　というなりゆきで、携帯の番号を伝え、連絡を待った。その夜のうちに電話があった。場所は静岡県の二見《ふたみ》市という。聞き憶《おぼ》えも土地鑑も全くない場所だ。白髪山《しらかみやま》の麓《ふもと》にある天宝神社の脇《わき》から、山道を少し登ったところにある廃墟址《あと》と教えられた。

　うまいことに、その日が木曜で、さらに翌週の月曜も振り替え休日なので、翌日の金曜を自主休日にしてしまえば四連休になる。仮に実地調査が空振りに終わっても、これをついでにちょっとした一人旅というのもいい気晴らしになるだろう。そう考えて、早速病欠の手《て》筈《はず》を会社の同僚に頼みこみ、いつもより早く蒲団にもぐりこんだ。

　翌日は上々の行楽日和《びより》だった。いちおうの準備は寝る前にすませていたので、軽く朝食をすませてすぐにアパートを出た。もちろん躊躇《ためら》う気持ちがなかったわけではない。事実、電車に揺られながら目的地に近づいていくにつれて、緊張が薄衣《うすぎぬ》を重ねるようにじりじりとふくれあがっていった。

二見駅に着いたのが十一時少し前。そこから支線に乗り換えて、さらに二十分。事前に調べていた北上津《きたこうづ》という最寄駅は鄙《ひな》びた山間《やまあい》の集落に似合わない真新しい駅舎だった。

　天宝神社のおおまかな位置関係も頭に入れていたが、念のために真向かいにある薬局で神社への道順を訊《き》いてみた。

「あそこに小学校が見えるでしょう。初めはあれを目当てにその道をずっと歩いて、石田旅館の看板のところで右に曲がれば、あとはずっと道なりで行けますから」

　気のよさそうな肥《ふと》ったおばさんが分かりやすく教えてくれた。

「旅館もあるんですね」

「まあ、たいした観光名所もないところですから、立派な旅館というわけにはいきませんが」

　それでもないよりははるかにましだ。この地に泊まりこむ必要ができた場合、初めからアテがあるのは心強い。礼を言って店を出、教えられた道を心持ち速足で歩いた。

　この地に着いたときには既にずっしりと肩に貼《は》りついていた緊張が、一歩足を踏み出すごとにさらに重みを増していくのを感じた。本来なら心和むはずの田園風景だろうが、周囲の山の緑も立ち並ぶ古い家並みも、ひどく不吉なものを孕《はら》んでいるように思えて仕方ないのだ。まばらだが、普通に人通りもあるのに。空には鳥さえ飛んでいるのに。五分ほど歩くと、ドス黒い不安が湧《わ》き出る地下水のように胸を浸して、どんどんたまらない気分になった。

いったい何なんだ？　この先に何があるっていうんだ？　ただ廃墟址があって、赤い花が咲いているだけなんだろ？　ビクつくな。みっともない。そんなふうに繰り返し自分を叱《しか》りつけたが、逆に膝《ひざ》までガクガクしてくる始末だった。

目当てに歩いている小学校までが、何だか不気味な空気を漂わせているような気がする。いや、本当に気のせいか？　高台の上に見えるその校舎のあたりから、灰色の靄《もや》のようなものがゆっくり湧き落ちてきてはいないか？　慌《あわ》てて眼をこすってみたが、実際の靄こそ見えなかったものの、怪しげな気配の実感はどうしても追い払えなかった。

やがて石田旅館の看板というのが見えてきた。古びた建物の壁に貼られた、錆《さび》だらけになったブリキの案内板だ。矢印とともに「この先20米」と書かれている。教えられた通りにその角を右に曲がり、たらたらした坂道を登ろうとしたそのとき、突然それまでの緊張や不安とは違った感覚に囚《とら》われた。

僕らの住んでいる世界のすぐ横に寄りそいながら、普段は決して姿を見せることのないもうひとつ別の世界――。そんな空間にするりと足を踏み入れてしまった感覚だった。思わず立ち止まり、周囲を見まわしたが、左右の家屋もセメントで固められた道もこれまでと全く地続きなので、その感覚がどこから来たのか分からなかった。

変だ。何かおかしい。やっぱりこんなところに来るんじゃなかった。ついついその気になって、ノコノコと探偵気取りでやってきてしまったが、もともとこんな調査めいたことに向いた人間じゃないのだから。そんな後悔がいっぺんにどっと押し寄せてきた。

どうしよう。このまま帰るか？　ここまで来て、今さら？　いや、そのほうがいい。今ならまだまにあう。今ならまだ恐ろしいことを回避できるはずだ。

だけど、いったい何が起こるって？　まだその風景を見てもいないのに。そうだ。まだ何もはじまってさえいないのに――。そんな逡巡《しゅんじゅん》に苛《さいな》まれ、思わず二、三歩よろめいたとき、不意に後ろから「どうかしたんですか」と声をかけられた。振り返ると、長袖《ながそで》Ｔシャツの上に厚手の丹前をひっかけた、地元感まるだしの女性だった。

「いえ、何でも」と答えたが、咽《のど》が詰まって語尾まできちんと発音できなかった。

「そうですか。顔が真っ青ですよ。それにひどい汗。具合が悪いんでしょう。救急車とか呼ばなくていいですか。おせっかいかも知れないけど、私の友達で急に具合が悪くなって、いいからいいからというのを押しきって救急車を呼んだら、実は脳出血で助かったということもあったので。具合が悪いのなら、本当に無理しないほうがいいですよ」

　女は心配そうに近づいて、大きな丸メガネでこちらの顔まで覗《のぞ》きこんでくる。どうやら齢《とし》はこちらと同じくらいのようだ。

「いえ、本当に。救急車とかってことじゃないんです。何ていうか……ちょっと一瞬、おかしな気分がしただけで。時間がたてば……ほら、もうだいぶよくなってきたから」

　さっきよりはかなり平常に戻ってきたのは本当だった。多分、人と口をきいたのがよかったのだろう。それでも相手は眉《まゆ》をひそめたまま、

「そうなの？　でも、心配だなあ。地元の人じゃないですよね。どちらへ？」

　疑わしそうに丸メガネを押しあげた。

「この先に廃墟址があるんでしょう。そこに」

「どうしてまた、そんなところに」

「まあ、話せば長くなるし、話しても面白いことじゃないし――」

　どのみち見ず知らずの人間に喋《しゃべ》るような事情ではないので口を濁すと、

「うーん、でも、やっぱり心配だなあ。じゃあ、よし、分かった！　そこまで私がついていってあげる」

相手は勝手にそう決めこんで頷《うなず》いた。

「いや、そこまでしてもらわなくても」

「いいからいいから。私もこのまま見過ごしちゃって、あとで死んでるのが見つかったなんてことになったら、のちのちまで寝覚めが悪いもの。別に、このあとずっとくっついていくわけじゃないし。もうこれで大丈夫と思ったら、ほっといてさっさと帰るから。ね」

いったん決めたからにはテコでも動かないという構えだ。

「そうですか。それじゃあ、案内してもらいましょうか」

「よしきた。まかせなさい。でも、ホントにちょっと休んでいかなくていい？　大丈夫？　あ、そ。じゃ、行こうか」

気がつくと、いつのまにかすっかりタメ口になっている。何だかすっかりむこうのペースだ。でもまあ感じは悪くないし、人によってはメガネっ娘《こ》萌《も》えしそうな愛嬌《あいきょう》もあるので、ここはひとまずおとなしく従うことにした。

たらたらした坂を登っていくと、大きな石の鳥居が見えてきた。そこに近づいていくうちに、またひんやりした汗が顳顬《こめかみ》を伝うのを感じた。

「どうしたの。また具合悪くなってきたんじゃない？」

この女、けっこう鋭い。それとも、誰の眼にも明らかなほど具合悪そうにしているのだろうか？

「参ったな。でも、本当に体のせいじゃないんだよ」

「体のせいじゃない？ってことは、こっち？」

女はやけにボリュームのある自分の胸を小さく指さした。

「まあ、そんなとこ」

「だったら、なおさら心配じゃない。時どきそうなるの？　というか、どんなふうになるの？」

「そう言われても、こういうのは初めてだから。どうも、このへんの場所全体が神経に障《さわ》るっていうか、不吉な感じがしてしようがないっていうか……。ああ、けど、こんな言い方は地元の人には失礼だよね。あの小学校にしても、通ってる生徒がいるんだし」

すると女はちょっと首を傾《かし》げて、

「小学校？　宮里《みやざと》小のこと？　あそこはもうだいぶ前に廃校になってるけど」

「あ、そうなんだ」

廃校だったから？　あのおかしな妖気《ようき》はそのせいだったのか？　まあいいや。それならそうしとこう。

「とにかく、これを何とかするためにも、僕は廃墟に行ってみなくちゃならないらしいんだ」

「……言ってることがよく分からないけど」

ヌルヌルした気味悪い汗を拭《ぬぐ》い、懸命に足を踏みしめて鳥居に近づく。その下をくぐると石段のむこうに社《やしろ》の屋根も見えてきた。

「廃墟に通じてるのはあっちの道よ」

見ると、舗装がすっかり剝《は》げて荒れ放題の道が鬱蒼《うっそう》とした森の奥へと続いている。覚悟を決めてそちらに歩いていくと、女も困惑の足取りでついてきた。地面のデコボコを隠すように草がはえ、大きなセメント片があちこちに転がって、ひどく歩きにくかった。

「普段は誰も通らないって感じだね」

再びこみあげてくる緊張を振り払おうとして言ったが、その声は咽にひっかかった。

「子供以外は、そうね」

「あとどのくらい？」

「ほんのちょっとよ。その先をぐるっとまわると、もう見えるわ」

言われた通り、道は巨大な岩を迂回《うかい》するようにカーブしている。草で隠された穴ボコに足を取られないよう、一歩一歩探るように歩いていくと、互いに絡《から》みあうようにして繁《しげ》った木々の壁が急に開け、見るからに廃墟という印象の空間が現われた。

石造りを多用した洋館だったのだろう。それほど壮大ではないにせよ、かなり立派な建物だったはずだ。今は無残に打ち壊されて、壁や柱も一階部分の半分さえ残っていない。巨大な瓦礫がゴロゴロと山積みになり、長年の風雨によって朽ち汚れ、苔《こけ》むしている。そしてＣＭに使われていたあの赤い花があちこちまばらに咲いているのも見えた。

その光景を眼にした途端、激しい眩暈《めまい》に襲われた。軽い耳鳴りまで聞こえている。それでもどうにもならない恐怖というほどではなかったので、相手に悟られないように懸命に足を踏みしめなおして、その先に進もうとした。

「何の廃墟か知ってる？　もうずっと昔のことだけど、このへんは山から石灰が採れてたので、セメント産業で栄えてたんだって。で、ここはその会社の社長さんの——」

親切に説明をしてくれていたが、何歩も進まないうちに、その口を「シッ！」と手を突き出して止めた。ひときわ大きな石材のむこうに人影が見えたのだ。それも、地元の人間も滅多に来ないこんな場所にはひどく不釣合いな——。

やや年上らしい、美しい女性だった。黒っぽい短めのジャケットとスリムなグレーのパンツの取り合わせがスタイルのいい体形によく似合っている。栗色《くりいろ》に染めた長い髪の後ろ半分をざっくりポニーテイルに纏《まと》めているのも、スポーティな感じを強調していた。

とても地元の人間とは思えない。肩から提げたしゃれたバッグもその印象を裏づけている。そして女はただぶらぶらしているのではなく、少しばかり体を前屈《まえかが》みにして、熱心に何かを調べているふうだった。

初めからピンと来た。そうだ。もしかすると彼女も同じなんじゃないか？　それ以外に、よその人間がこんなところであんなふうにしている理由があるだろうか。タイミングから考えてもそうとしか思えない。きっと彼女もあのＣＭがきっかけで、ここに招き寄せられたのだ。

だからと言って、親近感にかられて、うかうか無防備に近づいていくわけにはいかない。むこうも何から何まで僕と同じとは限らないのだから。少なくとも、こちらにはまるで事情もからくりもつかめていない以上、ひとまず用心するに越したことはないだろう。そんなふうに考えながら物陰から様子を窺《うかが》っていると、

「ねえねえ。どういうこと？　あの女は何？」

後ろから囁《ささや》き声の追及が来た。

「いや、それが、僕にもまだ――」

ほかにどう答えることができただろう。

「こうなったら、あなたもいったい何しにここに来たのか、やっぱりちゃんと事情を教えてもらわないとね」

「しようがないなあ。じゃああとでね」

「よかろう」

監視を続けているうちに、女の姿は石材が大きく積み重なった陰のほうへまわりこみ、それきり見えなくなった。いくら待ってもなかなか戻ってこない。

「あのむこうにも道があるの？」

そっと訊くと、

「そりゃ獣道みたいなのはあるけど、そうじゃないと思う。あそこには地下室への入口があるから、きっとそこにはいっていったんじゃないかな」

「地下室――？」

その言葉を聞いた途端、体のどこかで何かがざわざわと波立った。

「そう。昔あった地下室が半分崩れてて。危ないから絶対はいらないようにって、このへんの子供たちはきつく言われてるはずだけど。それに――」

相手が何か続けて言おうとしたとき、女が再び姿を現わした。そしてこちらに歩いてくる気配だったので、慌てて大きく後ずさった。そして二人で繁みの脇に身をひそめていると、女は心なしか硬い表情で通り過ぎ、そのまま神社の方向へと戻っていった。

そうして無事にやり過ごせはしたものの、今度はこれでいいのかという想いが押し寄せた。あの女は何か知っているかも知れないのだ。いささか慎重になりすぎて、貴重な情報を得る千載一遇のチャンスを逃してしまったのではないか。だとしたら、いくら後悔してもしきれない。そうだ。せっかくここまで来ておいて、今さら多少のリスクを恐れている場合か。そう思うと居ても立ってもいられず、女が去った方向に急いで足を踏み出した。

「え？　ここはもういいの？　どうするつもり？」

連れは不満気な声をあげたが、かまっている暇はない。すぐに女の後ろ姿を捉《とら》えると、とりあえずこっそりと追跡を続けた。女は石畳の参道にはいり、鳥居をくぐり、たらたらした坂道を下っていく。

　このまままっすぐ駅に向かうのだろうか。どこへとも知れず立ち去ってしまうのだろうか。だとすれば、どうする？　声をかけて呼び止めるか？　それともあくまで尾行を続けて、女の身元を確かめるか？　そのためには、このうるさい連れを適当にあしらわなければならないが。いやいや、それ以前に、そんな探偵まがいのことがズブの素人《しろうと》にやり通せるものだろうか。そんな想いがぐるぐると入り乱れて、どうにも踏ん切りをつけかねていたが、女は坂を下りきったところで、駅のある左方向ではなく、反対の右側に角を折れた。

　まだどこか立ち寄る場所があるのだろうか。急いで角のところまで行き、そっと首を突き出すと、二十メートルほど先を歩いた女は、ふと右に首を向けながら立ち止まった。そしてしばらくしげしげとそちらを眺めていたが、すぐ眼の前にある門をくぐった。

「旅館よ」

　連れの声に、ああ、と思った。そういえば案内板にも「この先20米」と書かれていた。女はこの地に宿泊しようと決めたのだ。きっと自分と同じように考えて、あらかじめあの看板に眼を止めていたのだろう。しばらく待っても追い返されて出てくる様子がないので、とびこみでもすんなり部屋が取れたに違いない。それはそうだ。満室になるほど客がいるはずないのだから。

とにかく、これで当面女の所在を見失う事態は避けられた。あとで自分もここに投宿すれば、正体を見極めるチャンスがあるかも知れないし、そうでなくてもいつでもコンタクトを取れるので安心だ。そう考えて廃墟の探索に戻ることにしたが、振り返ると連れが腰に手をあててふんぞり返っていた。

「もういいでしょ。説明してくれる？」

「へいへい」

道すがら、これまでの経緯をかいつまんで喋った。出だしから興味津々《しんしん》に眼を輝かせていた連れは、

「へえ。そのＣＭに使われてたのが、さっきの赤い花だったの！」

興奮を抑えきれないように身を乗り出した。

「気がつかなかった？」

「全然。ＣＭなんていちいちじっくり観ないもの。そんな撮影があったなんて話も聞かなかったし」

そしてさっきの女が何か事情を知っているんじゃないかというところまで話が来ると、

「面白ーい。長い人生、こんな話に出くわすこともあるのね。あー、ワクワクする！」

拝むように胸の前で手を組んで、今にも小躍りしそうなはしゃぎようだ。

「他人《ひと》事《ごと》だと思って。とにかく僕が死ぬ心配はないって分かっただろ。だからもう君についてきてもらう必要はないんだけど」

「あ、そんなあ！　ここまで教えておいて、はいサヨナラはないでしょ。せめて何か成果を見届けるまではつきあわせてもらわなくちゃ」

教えてくれとせがんだのはそっちじゃないか——というお約束の返しを選ぶこともできたが、その頃にはけっこう相手のキャラに愛着を感じてもいたので、「ヤレヤレ」と肩をすくめるだけに留めた。

「あ。名前教えとくわね。ナオよ。あなたは？」

「セバスチャンだ」

「何それ」

廃墟まで戻り、女がいたあたりに近づいてみると、赤い花が周囲よりも数多く密生しているのが分かった。そしてその密生地帯は、折り重なる石材の山にぽっかりあいた穴の奥へと続いている。ここが地下室への入口というやつか。ああくそ。またざわざわと何かが波立ってくる。眩暈もする。いったい何だっていうんだ。そういえば、あの女にはそんな様子はなかったな。それがこっちとの大きな違いか。とにかく、イチかバチか踏みこんでみよう。万が一、倒れるようなことがあったって、ナオちゃんがいるから何とかしてくれるさ。頼むぜ、相棒。その彼女に何か言われたような気もしたが、もうはっきり聞き取れなかった。

精いっぱい足元に注意しながら瓦礫の階段をおりていく。ナオもあとからついてくる。石組みのあちこちに隙間《すきま》ができていて、そこから外の光が射《さ》しこんでくるために、心配したほどには真っ暗でなかった。もとはかなり広かったのだろうが、大半が崩れ落ちた石材で埋めつくされて、空いているスペースはほんのわずかしかないようだ。ひんやりした空気。全体にじめじめして、お茶っ葉のような不思議な匂《にお》いがした。

その匂いがざわざわした波立ちをさらに掻《か》き立てた。自分のなかで何かがズズッと地滑りを起こし、転落してしまいそうな感覚に襲われた。それを懸命に喰い止めようと悪戦苦闘していると、ヌルヌルした汗が頭髪のあいだから滝のようにあふれ出してきた。

見憶えがある――。

その認識に、自分自身、愕然《がくぜん》とした。

そうだ。これだ。強烈なデジャブ。これが地層の奥底から噴きあがり、地軸を根こそぎ揺さぶりたてているのだ。

でも、どうして？　こんなところに立ち寄った記憶はないのに。いや、もっとずっと前か？　小学校の頃、親の仕事のせいで頻繁に転校を繰り返していたのは事実だ。どこをどういう順序で巡ったのか、もういちいち憶えていないくらいに。そのうちのひとつがこの町だったのか？

では、あの不吉な気配に包まれた廃校が、その時期に通っていた学校――？

放っておくとバラバラになってしまいそうな頭を両手で必死に押さえつけながら恐る恐る見まわした。その不吉な気配はここにも色濃く漂っている。粘り気を増した空気のせいで、手足も自由に動かせないくらいだ。まるで蜂蜜《はちみつ》のいっぱい詰まった壜《びん》のなかに封じこめられてしまったように。

瓦礫が擂鉢《すりばち》状に積み重なり、その底に地面が畳三畳ぶんほど露出している。石材の破片に混じって、家具の残骸《ざんがい》らしいものや、すっかり錆びたり土まみれになってしまっているおもちゃ類もあちこちに転がっていた。

これは確かに見たことのある光景だ。それも一度や二度でなく。そうだ。何度もここに来たことがある。それとともに、いっしょに来た仲間のこともぼんやり記憶に蘇ってきた。

だけど記憶と違うところもある。それはこの赤い花だ。外よりもさらに数多く、地面を埋めつくすようにびっしりと咲き乱れている赤い花。花が咲いていなかったというのではない。記憶では土がいちめん剝《む》き出しになっていて、草そのものが生えていなかったのだから。

「ねえ。ねえ。ねってば。ねえ！」

頰っぺたをピシャピシャやられて、ようやくナオの顔に眼をやった。

「思い出した……」

「え？　何を？」

「ほんの何ヵ月かだったと思うけど、僕はこの近くに住んでて、あの小学校に通ってたんだ。そんなこと、すっかり記憶から抜け落ちていた。そう……それで、近所の何人かと仲よくなって、この秘密基地を教えてもらったんだ。放課後とか、休みの日とか、その仲間としょっちゅう遊びに来てた」

「あなたもこの町にいたの！　何年生のとき？」

「さあ。三年生か四年生かな。これだけきれいに忘れてたんだから、五年生よりあとってことはないと思うんだけど」

ナオは薬指で丸メガネを押しあげながら、

「そうかあ。この町に住んでたんだ。どこだったか、思い出せる？」

「どうかな。しょっちゅうあちこち引っ越してたせいで、いろんな家の記憶がごっちゃになってるから」

「親に訊いてみたら分かるんじゃない？」

「残念ながら、それもできないんだ。もともと母は写真でしか顔を知らないし、親父《おやじ》も一昨年《おととし》に死んじゃったしね」

「そうなの」

小さくくしゅんと鼻を鳴らしたナオは、

「とにかく、ここに咲いてるこの花の映像が恐怖を呼び覚ましたってわけよね」

「いや、でも、あの頃はここにこんな花なんてなかったよ。草も生えてなかった。だから花は関係ないんだ。僕が恐怖を感じたのは、この〈場所〉だったんだよ。ただ、それがどうしてなのかはやっぱり今でも分からないけど」

「そうか。そうなると、ますます——」

「え？」

ナオはそれに答えず、しばらくアニメか何かの探偵でも気取ったようなポーズで考えこんでいたが、

「確かめよう！」

出し抜けにまっすぐこちらを指さして叫んだので、思わずパチパチと——少なくとも一秒に四回は瞬《まばた》きしたほど面喰らった。

「確かめる？　何を」

「あなたがこの町にいた時期。役所に行けば分かるはずよ」

躊躇《ちゅうちょ》や抵抗の暇なんてない。穴倉から追いたてられるように抜け出すと、そのまま勢いよく腕をひっぱられて、廃墟から山道へと連れ出された。そして神社の脇から参道を下り、鳥居をくぐって坂下の三叉路《さんさろ》まで逆戻りしたあとは、そこを駅方向の左手に曲がった。

「そうか。君って、根っから強引な性格なんだ」

「何言ってんの。あなたのためじゃない。あなた、自分がどうしてあの場所が恐いのか知りたいんでしょ」

「そりゃまあそうだけど」

呆れ半分に肩をすくめるほかない。とはいえ、本来なら不安やら困惑やらで押し潰《つぶ》されそうになっていたはずだが、彼女のおかげでずいぶん気が紛れているのは確かだ。

「そういえば、君もあの小学校に通ってたんだろ。齢は？」

「女性にそれは失礼でしょ、って場合じゃないか。二十九」

「え、四つも上だったの。それじゃ、こっちが小三としても、そっちは中一か。学校ではニアミスもなかったわけだ」

そして駅までの途中で脇道にはいり、しばらくうねうねと曲がりくねって大通りに出てすぐ、

「あなた、自分で思ってるより運がいいわよ。ここに私の友達が勤めてるんだから」

そう言って連れこまれたのは市役所の出張所だった。ナオはその友達にかけあって、僕たち父子がこの町に住んでいた期間の調査を頼みこんだ。このとき同時に、僕の名前がセバスチャンでないこともナオに知られてしまったわけだ。結果はそれほど時間がかからずに出た。年度から計算して、その期間は僕が四年生のときで、五月から七月のあいだだった。

「やっぱり――」

結果を知って、ナオは呟《つぶや》いた。彼女に似合わない、何だか深刻な表情だった。

「やっぱりって何だよ。なあ。なあ」

出張所をあとにして、来た道を再び戻りながらせっついたが、ナオはしばらく答えなかった。そして抜け道の途中の人通りのない空き地まで来たところで、いきなりこちらを振り返りながら立ち止まった。

「あそこで遊んだ友達の顔とか名前とか、憶えてない？」

「いやあ、もう全然。よく遊んでいたのは三人で、一人は女の子だったことくらいかな。可《か》愛《わい》くて、けっこう好きだったような気もするんだけど。でも、この町にいたこと自体も忘れてたくらいだから、それも仕方ないんじゃないの」

「そうか。名前も憶えてないか」

溜息《ためいき》をつくような口振りに、

「何だよ。さっきから奥歯にものがはさまったような言い方して。言いたいことがあるのなら、もったいぶらずにさっさと言ってほしいな」

「じゃ、言うけど、さっきのあの地下室でね、事件があったの。女の子が殺されたのよ。悪戯《いたずら》された上に、首を絞められて」

思わず「え？」と眼を見張って、

「それって、いつのこと」

「ちょうどあなたがこの町にいた年。大事件だったから日にちもはっきり憶えてるわ。夏休みにはいった直後の、七月二十二日。あなたの家がこの町から引っ越したのが二十三日となってたから、その前日ね」

「そんな——。え？　まさか、その女の子って」

「そのまさかだったようね。秋元《あきもと》由紀《ゆき》ちゃん。小学校四年生。仲のよかった男の子二人との三人組で、ずっと前からあの地下室を秘密基地みたいにして遊んでたそうだから」

　初めは頭を後ろから殴られたような驚愕だった。それがじわじわと強烈な冷気になって、ゆっくり全身にひろがっていった。骨の髄まで凍りつくような冷気だった。

「え？　え？　え？　まさか……それって」

「犯人はすぐにつかまったわ」

　ナオは先まわりするように言った。それでほっと緊張が解けた途端に、汗がどっと噴き出してきた。

「名前は奥田《おくだ》惣一《そういち》。町内に住んでた水道局の作業員で、齢は四十ちょっとだったかな。私も何となく顔を知ってたくらいだったし、ちゃんとした家庭もあって、しかも被害者より少し齢上の娘もいたから、逮捕されたときにはもう大騒ぎだったわ」

僕はカラカラに干あがった咽に何度も唾《つば》を流しこんで、

「そんなことが……。じゃあ、僕があの場所に恐怖を感じたのも、その事件のせいだったのか」

「でしょうね。これだけ時期から何からぴったり符合してるんだから、殺された女の子があなたの友達の一人だったのは間違いないでしょ。そして現にそんな事件が起こってるんだから、ほかに理由なんてあるわけないわよ。で、どうなの。このことを聞いて、思い出せた？」

僕は無言で首を横に振った。どれだけ懸命に頭のなかを捜しまわってみても、あの子が殺されたなんて話を聞いた記憶はさっぱり見つからない。思い出せるのは友達三人とあそこで遊んだことだけで、女の子の顔も――さっきから懸命に記憶のピントをあわせようとはしているのだが――依然ぼんやりと靄に包まれたままだった。

「そうなの。でも、事件の翌日に引っ越したにしても、事件のことを知らないままってことはないでしょ。だいいち、それだとあの場所を恐がる理由がなくなっちゃうもの。きっとあまりにショックが激しすぎて、その記憶を封じこめちゃったのね。だからこの町にいたこともひっくるめて、まるごと忘れてたんだわ。逆に、ここに住んでたことや友達三人のことまでは思い出せたのに、事件に関することはどうしても思い出せないというのは、それだけショックの大きさを物語ってるんじゃない？」

そうなんだろう。きっとそうなんだ。自分で思い出せない以上、頭でそう納得するしかない。何にしろ、今まで思い悩んでいた謎《なぞ》が解けたというのは、まるで濃い霧が晴れた気分だ。これで全部記憶が戻ればもっとすっきりするはずだが、そこまでは贅《ぜい》沢《たく》というものだろうか。僕は思わず大きな溜息をつき、脂《あぶら》の浮き出た顔をごしごしと撫《な》でまわしながら、

「そうか。有難う。藁《わら》にも縋《すが》る気持ちでここまで来たけど、目的が果たせてよかったよ。君のおかげだね」

「言ったでしょ。あなた、自分で思ってるより運がいいって」

ナオは大きく胸を張ってみせた。

「ただ、解決できたのは私も嬉《うれ》しいけど、こんなにあっさりゲームオーバーになるなんてちょっと残念。でも、無事を確認するまでっていうのが最初からの約束だから、これでさっさと退散するわ。じゃあね」

そう言って立ち去ろうとするのを、「あ、待って」と呼び止めた。

「それじゃこっちの気もすまないし、今度は僕のほうからお願いしていいかな。もう少しつきあってほしいって」

するとナオは半身でこちらを振り返りながら、「いいわよ」と笑顔で首を傾けてみせた。

　そのあとのことはあまり事細かに説明する必要はない。出張所で聞いた住所をもとに、かつて僕が住んでいた家を捜してみたり、ぐるりと小学校の周囲をひとまわりしたりしているうちにけっこう時間を喰ってしまったので、夕方前にケータイの番号を交換しておいて別れた。ちなみに、ここだという住所には明らかに真新しい家が建っていて、周囲の風景も懐《なつ》かしさを呼び起こすような記憶には繋《つな》がらなかった。

　次の日も会う約束をしておいたので、僕も結局石田旅館に泊まることにした。そしていざ旅館の前に戻ると、急に廃墟にいたあの女のことが気になった。

　もちろん、僕らもあの女のことは話題にした。あの女もＣＭがきっかけで廃墟に来たという想像は間違いないだろう。ただ、その理由まで僕と全く同じというのは、いくら何でもあるはずがない。この町出身か何かであの事件のことを知っていたが、いきなり廃墟の映像を見てそのことを思い出し、ふと気になって再び現地を訪ねてみる気になったのではないか。多分、そんなところだろうと結論づけていたのだ。

　だけど、改めてよく考えてみればどうか。現地を訪ねてみるというところまでは、そんな物好きもいるだろうと大目に見てもいいが、わざわざ一泊してまでということになると、いささか熱心さの度が過ぎている。だから多分、単に事件のことを知っていたというだけではなくて、もともとよほど強い関心を抱いていたか、あるいは被害者の遺族とか友達だとか——とにかく何らかの繋がりがあったのではないだろうか。

ともあれ、とびこみで宿泊の手続きをしたあと、念のために「ほかにもお客さんはいるんですか」と訊いてみると、「はい。女の方がお一人」という返事だった。

建物は古く、小ぢんまりとしていたが、この町が栄えていた頃を偲《しの》ばせるような風格があった。けれども何しろ修繕する余裕がないらしく、部屋は染《し》みや罅割《ひびわ》れがあたり前で、柱と壁のあいだに大きな隙間ができているのもそのままという具合だった。部屋数は多くないくせに、廊下の途中に立派な談話室のようなスペースがあって、そこがこの旅館でいちばん寛《くつろ》げる空間のようだ。そしてあの女もそこにいた。大きな籐《とう》の椅子《いす》に深ぶかと腰かけ、雑誌を読んでいる。千載一遇のチャンスというやつだ。僕は思い切って、「こちらには観光ですか」と声をかけてみた。

間近で見ると、つくづくかなりの美人だった。「ええ、まあ」という警戒心あらわな応答に、ヘドモドしながらいろいろ言葉を繋いでいると、「あなたは？」という問いかけが返ってきた。

その言葉さえ出ればしめたものだ。僕は「いや、ちょっとおかしな話なんですが」という前振りから、テレビのＣＭで急にパニックに襲われ、その原因を探るためにこの町の廃墟《はいきょ》に来たことを正直に喋った。そこで彼女を見かけ、あとをつけたことさえ伏せておけば、既に謎が解けてしまった今は、別にそのことを隠す必要はないのだから。すると案の定、女は強い興味を示して、

「そうだったんですか。で、その原因は分かったんですか？」

「ええ。地元の人といろいろ話すことができて、分かりました。十六年前、あそこで女の子が殺されるという事件があったそうなんです。子供の頃、僕はこの町にいた時期があったんですが、それがちょうど同じ年で、僕はその女の子と同じ学年の友達だったことも分かりました。で、事件が起こったのは僕がこの町から引っ越す直前だったんですが、その子が殺されたショックがあまりにも激しかったために、僕は事件の記憶そのものを完全に封じこめたまま、ずっと今まで暮らしてきたらしいんですよ。いや、今でもその記憶は思い出せないままなんですが——どうやらそういうことだったようなんです」

　すると女は驚嘆の表情をあらわにしつつ、

「そうだったの。いえ、実は私もあのＣＭのせいでここに来たの。あのＣＭで久びさ

に事件のことを思い出して——」

待ち望んでいた通りに打ち明けてくれた。

「え？　そうなんですか。何て奇遇だ！」

少々演技過剰になっていないか心配したが、女はそのまま怪しむふうもなく、

「別に関係者でも何でもないのよ。ただ、私はこの近くの出身で、事件のことはよく憶えてるし、そのあともずっと気にかかっていたから、これもちゃんと調べなおしてみるいいチャンスかと思って」

「気にかかって？　でも、犯人もつかまって、事件はちゃんと解決したんでしょう」

女は、ああ、という顔で、

「そうか。事件に関する記憶はないままだったのよね。確かに逮捕されて、裁判になったわ。ただ、男は前から悪い病気を抱えてたらしくて、判決が出る前に拘置所で死んでしまったの。そして男は死ぬまで一貫して無実を主張し続けていたのよ」

「無実？　よくある自白の強要ってやつで？」

「いいえ。取り調べでも自白はしなかった。男は現場には一度も行ったことがないと言い続けていたわ」

「でもまあ、いろいろ証拠はあったんでしょう？」

「それはもちろん。いちばんの決め手は、男の指紋がついていた小壜が現場で見つかったことね。そして事件当日、男がその小壜を持ち運んでいたことも、第三者の証言から明らかになっている。本人もそれは認めていたけど、小壜は持ち運んでいる最中にいつのまにか紛失していた、きっとどこかで掏《す》り取られたんだ、初めからヌレギヌを着せるためにそんなことをしたに違いない、だから盗んだ奴《やつ》こそが犯人だ、というのが男の主張だったわ」

「罠《わな》に嵌《は》められたというわけですか。そのほかの証拠は？」

「あとはほとんど状況証拠ばかりね。犯行時刻のアリバイがないとか、いかがわしいビデオを何本も所有していたとか、普段から、女の子を見る眼が怪しかったなんて証言する人もいたりして」

「気をつけないと、僕も同じ立場になったら何を言われるか分からないな」

「あなたもロリータ？」

「いやいや！　僕はどっちかというとお姉さん系」

慌てて大きく両手を振ると、女は鼻にかかった艶《あで》やかな笑い方をした。

「しかし、本当に冤罪《えんざい》だったとしたら大問題ですね。あなたはその可能性が大きいと思ってるんですか」

「まあね」

「でも、そうなると、まだつかまっていない真犯人がいるってことになりますよ」

「もちろん、そうよ。だから気になってるんじゃない」

こちらの年齢が分かって以降、この女もすっかりタメ口だ。

「それにしてもずいぶん詳しいですね。もしかして、探偵社にでも勤めてるとか？」

「全然ハズレってわけではないかも。いちおうフリーの記者をやってるの」

そして女は坂口《さかぐち》沙《さ》羅《ら》と名乗った。もう十年選手ということだから、年齢は軽く三十《みそ》路《じ》を超えているのだろう。

「それで、何か目星はついたんですか」

「まさか。言ったように、今日久びさに現場に来てみたところなのよ。警察も見逃した犯人の手がかりを、まして事件から十六年もたっているのに、そうそう簡単に見つけられるわけないじゃない」

「ですよね」

「私にできることといえば、既に明らかになっている事実を整理してみることくらいだわ。ここにだって、それ以上のことを期待して来たわけじゃないのよ。だからこうして事件の関係者に知りあえるなんてびっくり」

「これほど役に立たない関係者もちょっといないと思いますけどね」

「役に立たないかどうかはまだ分からないわ。少なくとも、事件を他人事としてでなく話しあえる相手というだけでも、大きな収穫よ」

思いがけずそんなふうに言ってもらえて、僕はすっかり嬉しくなってしまった。とはいえ、とりあえず僕にできることといえば、沙羅さんの知っている事実を一方的に教えてもらうことによって、結果的に彼女の考えの整理を手伝うことくらいしかないのだが。

おかげでずいぶんいろんなことが分かった。殺された秋元由紀がどんな子だったか。逮捕された奥田惣一はどんな男だったか。また、それぞれの家族構成や生活環境はどうだったか。現場の状況。断片的な数々の証言。事件後の報道のされ方や付近の住民の反応やとびかったいろんな噂《うわさ》。四日後に容疑者が逮捕されてから、それらがどう変化していったか。裁判のおおまかな進行具合。惣一の死後、奥田家がどこへとも知れず転居したことなど――。

けれどもそれはまるで犯罪ドラマを口頭で説明されているような感覚だった。もとのドラマ映像には重要な手がかりが映されていたのだろうが、言葉にすることによってそれらが全部抜け落ちてしまっているかも知れない。そんな気がしてならなかった。

「悪戯目的だったんだよね。犯人の体液とかは残っていなかったの？」

「裁判ではその点にふれられなかったみたいだから、きっと見つからなかったんでしょうね。もっとも、十六年前の技術では採取できなかったわずかな量でも、今なら採取できる可能性はあるから、遺品をもう一度綿密に調べなおせば違う結果が出るかも知れないけど。でも、容疑者が死んでしまった以上、そんな再調査は決して行なわれないでしょうね」

「ほかに警察が見逃した証拠はないのかな」

「そりゃあったかも。何しろ田舎警察だし。ただ、事件の影響で近づく子供は減ったとしても、逆に興味本位で見に来る人も多かっただろうから、そんな痕跡《こんせき》が今も残ってるとは思えないわね」

「だろうなあ」

結局、素人にはどうしようもないということだ。

「この近くで、ほかに似た事件は起こったりしなかったのかな」

目先を変えようとして訊《き》いたが、

「記憶にないから、特にはなかったんじゃないかしら」

残念ながらそれが返事だった。

「そうすると、真犯人の犯行はそのとき一回限りだったってことになるよね。でも、性犯罪者は何度も同じことを繰り返す傾向が強いって聞いたことがあるけど」

「悪戯は何度も繰り返していたけど、殺したのは一回だけだったのかも知れないわよ。ただ悪戯しただけなら、それほどニュースにはならないから」

「でも、そうなると逆に、どうしてあの子だけは殺すことになったのかという疑問が出てこない？」

懸命に喰いさがると、沙羅さんは少し感心したふうに、

「どうして彼女だけは殺したか？　そんなふうに考えたことはなかったな。でも、そうね。あんまり騒いだり暴れたりするから、ついカッとなって殺してしまったというようなことなんじゃない？　でなきゃ、ちょっとおとなしくさせるつもりだったけど、首を絞める手に力がはいり過ぎてしまったとか」

「騒いだり暴れたりなんて、悪戯するなら最初から想定済みだったはずなのに？　ほかはみんなうまく処理できたのに、そのときだけは何かで歯車が狂ってしまった？　まあ、実際はそんなものかも知れないけど――」

すると沙羅さんは頬杖《ほおづえ》した首を軽く傾けて、

「実は私、ちょっと別のことを考えてるの。あれは本当に性的な目的の殺人だったの

か。女の子の下半身を裸にしたのは、性犯罪に見せかけるための偽装工作じゃないかって」

　そんなことを口にした。

「偽装工作？　警察の眼を晦《くら》ませるために？　じゃあ……犯人は初めからあの子を殺すのが目的だったと？」

「それだけじゃないわ。もし真犯人が別にいるとなると、例の小壜の謎が残るでしょ。どうして奥田惣一の持ち物である小壜が現場にあったのか。それも真犯人の偽装工作としか考えられないじゃない。つまり、秋元由紀を殺害すると同時に、その罪を奥田惣一に被《かぶ》せるというのが初めからワンセットの計画だったんじゃないかって」

「ということは……犯人はあの子と奥田の両方に恨みのある人物？」

「素直に考えれば、そういうことになるわね」

「それにあてはまる人間はいる？」

「そこまでは分からないわ。はっきりそんな人物がいたなら、さすがに警察も容疑の対象にあげたんじゃない。恨みなんて他人には窺い知れないことも多いし、それに人を殺したり冤罪に陥《おとしい》れたりする理由は恨みだけとは限らないしね」

「そうか。でも、とにかくそこが唯一《ゆいいつ》の突破口なのかな」

ほんのわずかな進展かも知れないが、見通しがゼロでなくなったことに僕は満足だった。そうするうちに食事の時間も近づいてきたので、そろそろいったん切りあげ時かと思い、

「そういえば、現場に残っていた小壜って、何の壜だったの」

最後の質問のつもりで訊いてみた。

「もともとは香水を入れる壜だったみたい。それに花の種を入れていたのね」

「種？」

「ええ、そう。奥田惣一はガーデニングが趣味だったのよ。事件の前の日に仕事で岐阜に行ったので、ついでに同じ趣味の知り合いに会って、分けてもらった珍しい花の種を壜に入れて持ち帰ったんだって。作業服の胸ポケットに入れたままそのことを忘れてて、次の日、気がついたときにはもうなくなっていたというのが本人の証言だったみたい」

「種って……それはどんな」

「どんなって、種の色とか大きさのこと？　そこまでは分からないわ。そういえば、廃墟に咲き乱れていたあの赤い花——もしかするとあれがそうなんじゃないかと思ったけど、そんなことがあるかしら。真犯人が偽装のために小壜を盗み出して、現場に

置いていったのはいいとして、そのときに壜をあけて、まわりに種を撒《ま》き散らしたりする必要はないものね。それは奥田惣一が犯人の場合だって――。ううん。奥田が犯人なら、なおさらそんなことはしないわ。だから真犯人が奥田に罪を着せようとしている場合も、わざわざそんなことをしたりしないはずよ」

そんな言葉の途中で沙羅さんははっと眼を見張り、「どうしたの」と顔を突き出した。

それに僕は答えられなかった。急に湧《わ》きあがってきた動悸《どうき》と悪寒《おかん》を堪《こら》えるのに精いっぱいだったのだ。まるで胸の空洞に凄《すさ》まじい量の汚水がどっと流れこんできたみたいだった。続けてぐらぐらと地軸ごと横倒しになるような眩暈。そして神経が引きちぎれそうな恐怖に投げこまれた。これまで味わった発作のなかでも最大級の恐怖だった。

でも、どうして？　今回は何が引き金に？　もう恐怖の原因は解明されたはずなのに。だから、これですっかり消えてしまわないまでも、以前ほど怯《おび》えなくてもよくなったはずなのに。そんな呪文《じゅもん》のような訴えも無駄だった。

「また発作？　そうなのね？　ああ、どうしたらいいの」

驚き、うろたえる沙羅さんの様子が分厚いガラスを隔てた先の出来事のようだ。

「救急車を呼んでもらうわね。いい？」その声もひどく遠かった。そのあとのことはよく分からない。何人かの男が僕の体を持ちあげ、あちこちにぐるぐると運ばれ、気がつくと白い部屋のベッドで毛布を掻き抱くようにして震えていた。世界中のあらゆるものが牙《きば》を剝き、雪崩《なだれ》をなして襲いかかってくる。激しい吐き気にも襲われて、自分の体までが反乱を起こしているかのようだった。

その間、切れぎれの映像が繰り返し脳裡《のうり》にフラッシュバックした。あまりにも細切れなので、初めは何の映像かも分からなかった。ただ、その多くはやっぱりあの廃墟――そして地下室の光景みたいだ。不安定に揺れ、視界からはみ出し、また戻っては振り切れたりを繰り返している。過去の記憶だろう。ある日、そこに来た僕の記憶だ。

きっとキョロキョロとまわりを見まわしているのだ。腰をおろす場所を捜しているのだろうか。天井の裂け目から射しこむ陽が眼に眩《まぶ》しい。砕ける光。ハレーション。それらが濃い闇《やみ》と不思議なモザイクをなしていた。

初めは本当に脈絡の感じられない、バラバラの断片的な映像だった。けれども目まぐるしくフラッシュバックを繰り返しているうちに、いつしかそれらは互いに結びつき、次第に全体の繋がりを浮きあがらせていった。

僕は何かを持っていた。小さな手。そのなかにつるつるした感触のものがある。手を開くとガラスの容器だった。小壜だ。蔓草《つるくさ》状の飾りがついた蓋《ふた》の部分もガラス製だ。それを光にかざす。きらきらと虹色《にじいろ》の輝きを放って美しかった。なかに何かはいっている。白い小さな砂粒のようなものが三分の一くらい。壜の上下を指でつまみ、右に左に傾けると、それにつれて砂粒の上面がサラサラと水平に戻る。指でつまんだまま壜を上下に振ると、砂粒が踊る様子も面白かった。

壜を左手に持ちなおし、右手で蓋をそっとあける。開いた口からなかを覗《のぞ》きこむ。これはいったい何だろう。子供の僕はその疑問に興味津々だったはずだ。ひとしきり壜を揺すりながらつくづくと眺めたあと、その粉を少し手のひらの上に盛った。

もう片方の指で粉を撫でひろげてみる。ザラザラとした感触。けれども鉱物のような冷たさはない。きっと植物の種だ。子供の僕にもそんな見当はついただろう。胡麻《ごま》粒か、芥子《けし》粒か、あるいは粗挽《あらび》きした胡椒《こしょう》なのか。どのみち、そういった種類のものだと察したに違いない。

鉱物なら興味を惹《ひ》かれただろう。石英とか、橄欖《かんらん》石とか、角閃《かくせん》石とか——。いや、こんな壜に大事に入れてあるのだから、もしかしたら珍しい貴石や宝石の類《たぐ》いかも知れない。そんな期待で胸ふくらませていたのだ。だが、植物はあまり関心のあるジャンルではない。子供の僕はがっかりして、いっぺんに壜の内容物への興味を失った。手から種粒を払い落とし、壜もそのへんにぽいと放り投げた。そして以前からその秘密基地に隠してあった小さな鏡を取り出し、それで射しこむ光を反射させて遊んだ。それらの映像の意味するものを悟って、僕は愕然とした。頭を思いきりバットで殴られたようだった。僕は震えた。それまでの正体のつかめない闇雲な恐怖ではなく、もっと鮮明で底冷えのする恐怖だった。

「そうなの？　あなただったの？」

沙羅さんの声。

「あの壜をあそこに持ちこんだのはあなただったのね？」

僕は何度も弱々しく頷《うなず》いたと思う。

「どうしてあなたが持ってたの？　どこかで拾うか見つけるかしたの？」

覗きこむ沙羅さんの顔は広角レンズを透したように歪《ゆが》んでいた。

拾ったのは僕の家から廃墟までの道の途中、三角形になった畑のそばだった。キラキラ光る小壜と、そのなかにはいった正体不明の砂粒のようなもの。いったい何だろうとワクワクしながら秘密基地まで持っていったのだ。

あのあと、あの場所であの子が殺されたなんて。

そしてあの小壜のせいで、まるで関係のない人間が無実の罪で獄死したなんて！

奥田惣一を殺したのは僕だ。

そしてあの子を殺した真犯人を野に放ってしまったのも僕だ。

何もかも僕のせい。

その底知れない罪の深さに僕は震えた。上下の歯がどうしても噛《か》みあわせられなくて、カチカチと音をたてるほど激しく震え続けた。

「そうよね。それはあなたの罪だわ」

沙羅さんの声が淡々と続く。

「もちろん、子供が何気なくしたことだもの、刑事的な罪には問われないわ。だけど、道義的な責任となればどうかしら。少なくとも、そのせいで獄死しなければならなかった人がいる。残された家族にしても、どれだけの辛酸を舐《な》めなければならなかったでしょうね。その上、まんまと追及の網を逃れた真犯人は、そのあともきっと同じようなことを繰り返したんだろうし。そんな大勢の人たちの恨みつらみは甘受しなければならないはずよ」

それらひとつひとつの言葉が胸を抉《えぐ》り、ますます僕を絶望のどん底に突き落とした。

その通りだ。反論の余地なんてない。だけど、決して自分のことを棚にあげるつもりはないが、沙羅さんの言い方もいささか酷《こく》すぎるのではないだろうか。たとえ気休めに過ぎなくても、それはあなたのせいじゃない、ただ巡りあわせが悪かっただけだと言ってくれてよさそうなものなのに。いや、それがごくごく普通の人間の対応だと思う。それどころか、死者に鞭打《むちう》つような言葉を躊《ためら》いもなく言ってのける沙羅さんは、よほど並はずれた性格なのだろうか。旅館で喋《しゃべ》っていたときにはそんな感触は全くなかったのに、まるですっかり人が違ったみたいだ。そんな想《おも》いからそっと盗み見るように眼をあげて、僕はぞっと震えあがった。沙羅さんの顔にうっすらと浮かんでいたのは、蔑《さげす》むような冷えびえとした笑みだったからだ。

「悔やみなさい」

沙羅さんの言葉はなおも続いた。

「生きていることを悔やみなさい」

それは悪魔の宣告だった。脳味噌《のうみそ》にじかに焼きつけられるような刻印だ。僕は頭から毛布を被った。恐怖と絶望でぎりぎりと胸が押し潰されそうになる。そのまま本当に心臓が凍りついてしまわないのが不思議なくらいだった。

沙羅さんの声はそれきり途絶えた。恐る恐る毛布を下に引きさげると、沙羅さんはもういなかった。夢でも見ていたのだろうか。何もかも悪い夢だったのだろうか。ひととそう疑ってみたが、蘇《よみがえ》った記憶はしっかりと居座って、二度と消え去ろうとはしなかった。

翌日、支払をすませるために旅館へ戻ると、沙羅さんは既にそこを引き払っていた。彼女の行動はますます謎だらけだ。けれども僕にはそのことを深く考えてみる気力もなかった。それどころか、ナオとまた会う約束をしていたにもかかわらず、とても人と喋るような気になれないので、そのまま逃げるようにして自宅に舞い戻ったのだった。

それからはもう暗黒の日々だった。肩に貼《は》りついた罪悪感は薄れるどころか、時とともにますます重みを増すばかりだ。世の中すべてが灰色に塗り潰されている感覚で、何に対しても意欲が湧かず、何より人と顔をあわせるのが億劫《おっくう》だった。当然のように仕事も休みがちになり、ただ蒲団《ふとん》にくるまって過ごす時間だけがふえていった。

これはもう完全な鬱《うつ》状態だ。どうにもたまらず、藁にも縋る想いで再び医者にかかった。そこですべてのことを吐き出すと、原因が判明したのはよかったじゃないですか、これで治療の見通しがつくのですからと、思いがけず力強い言葉が返ってきた。

そんな考え方もあるのかというのはちょっとした驚きだったし、また、ひと筋の希望の光のような気がした。

それからはひたすらカウンセリングが続いた。医者は決して性急に自分の見解を押しつけず、ゆっくりと薄皮を剝《は》がすようにして僕の罪悪感を解きほぐしていった。おかげで一時は僕の頭をドス黒く占拠していた死への誘惑も二週間ほどでほとんど消え、そのあとは過去の事件のことを感情とは切り離して話しあえるまでになった。

そんななかで、医者が洩《も》らした言葉が気になった。あなたが過去の真相を思い出したその経緯自体、ずいぶん不思議な出来事ですねという感想だ。そもそもすべてがCMの映像に操られるようにしてはじまり、解決へと導かれている。坂口沙羅という女性の言動も極めて不可解ですね、と。

そして医者はさらに続けた。その女性があなたに言い残した告発は、私があなたにかけ続けた言葉の全く逆になっている。人を死に追いやろうとする、簡潔にして実に効果的なメッセージです。メフィストフェレスでもあるまいし、よほど悪意に捩《ねじ》れた人格か、相手に明確な嫌悪の情でもない限り、通常の人間はそんな言葉を口にしないものでしょう。これは医者の立場を超えた、あくまで無責任な放言として聞いてください。確かにあなたの恐怖の原因は解明されましたが、過去の事件の真犯人という問題を別にしても、今度の出来事の裏にはまだ隠された真相があるのではないでしょうか。

医者が暗に何を示そうとしているか、うすうす察することができた。沙羅さんは単に事件に関心があっただけの第三者ではない。冤罪を引き起こした人間に激しい憎悪を抱くだけの理由を持っている人物だ。素直に考えれば、それは獄死した奥田惣一の身内だろう。そして年齢も考えあわせれば——。

薄らいでいた罪悪感が大きく揺り戻しそうになって、僕はくらくらと眩暈《めまい》がした。

そうだ。彼女は奥田惣一の娘だったのではないのだろうか？

だとすれば、坂口という苗字《みょうじ》はもちろん、沙羅という名前もその場の出まかせだったのかも知れない。

そしてそのときすぐには思い浮かばなかったが、あとで考えれば考えるほど気になることがあった。僕が冤罪を引き起こした張本人であることを知って、激しい憎しみにかられた彼女が、それきりですませるなんてことがあるのだろうか。その後も相手が破滅に向かっているかどうか、ひそかに様子を窺《うかが》うのが自然ではないだろうか。だとすれば、治療のおかげで日に日に元気を取り戻していく僕を眼にして、彼女はいったいどう思うだろう。そう考えると、今現在もどこからか冷たい視線が突き刺さっているような気がして、ぞっとした。

もしかすると、僕は彼女に狙《ねら》われているかも知れない。妄想と笑われるのを覚悟でその疑惑を打ち明けたが、医者はまさかとは言わなかった。具体的に監視されている様子や心あたりはあるかという問いに、そこまではないと答えると、では、ただ不安がっているよりも、やはり裏づけを取ってみるほうがいいかも知れませんねと言われた。

「でも、他人の戸籍謄本《とうほん》を調べたりできるんですか」

「弁護士や司法書士なら職権で簡単にできるそうですよ。知り合いにそういう方はいませんか」

その言葉で、高校の同級生に弁護士になったのがいることを思い出した。同窓会で顔をあわせるくらいだが、それくらいの相談なら乗ってくれるだろう。早速連絡を取り、事情を説明すると、では調べておくよという返事だった。

結果は三日後に来た。奥田惣一の妻は娘とともにいったん宮城の実家に戻り、夫が獄死して三年後、福井の男性と再婚している。しかしその二年後に離婚。その後は独身のまま五年前に死亡。娘は現在神奈川県に在住で、独身。そして娘の名前は川島由《かわしまゆ》真《ま》だった。川島というのは母親が再婚した男性の苗字だという。そんな上《うわ》っ面《つら》の経緯からだけでは、母子の舐めた辛酸の度合いは窺い知れなかった。

僕は娘の住所を聞き、平日の早朝、そこを訪ねてみた。もちろん直接会おうとしたわけではない。部屋を確かめておいてアパートの前で張り込み、出勤するときに首実検しようと思ったのだ。実は今現在も逆に監視されているのではないかという不安もあったが、尾行されていないか細心の注意を払ったつもりだから、それはないはずだと何度も自分に言い聞かせた。

そして七時少し前、目あての部屋からとうとう女が出てきた。その顔を見て、僕は凄まじい混乱に突き落とされた。その女は僕の知っている沙羅さんではなく、ナオだったからだ。

そうだ。ナオだ。丹前姿があまりに印象に強かったので、スタジャンにトレンカという服装に見違えそうになったが、確かにナオだった。

だけど、どうして？　ナオが川島由真？　奥田惣一の娘？　僕は訳が分からなかった。人間、あまりにも訳の分からない事態に遭遇すると、地面が揺らぐ感覚に囚《とら》われるものらしい。体がどんどん傾いていくのを懸命に足を踏んばって堪えた。

自宅に戻ったあとも、その感覚は追い払いきれずに残った。ナオが奥田惣一の娘なら、沙羅さんは何だったんだ？　彼女は関係ないのか？　それなのに、どうして僕に憎悪の言葉を投げかけたんだ？　いくら自問しても答えは見つかりそうになかった。

だからその夜、僕は思いあまってナオに電話してみた。

「僕のこと、憶《おぼ》えてる？」と訊くと、

「もちろん。約束をすっぽかした相手を忘れるわけないでしょ」

ナオはちょっと怒った声で言った。

「ゴメン。それに関しては謝るよ。ただ、あの日はどうしても人と会えるような状態じゃなかったから」

「じゃあ、そのあとは？」

「そんな状態がずっと続いてるのもあったし、そうやって日がたてばたつほど、ますます今さらという気持ちが強くなって――」

「それなのに、今日はどうして？」

僕は一瞬どうしようかと迷ったが、ここで言葉を濁していても何もはじまらないと決心して、

「確かめたいことがあるんだ。君のことで」

するとナオはまるでそんな言葉を予期していたように「そう」と相槌《あいづち》を打ち、

「私の正体を知ったってわけね」

落ち着き払った声で自分から切り出した。

「……どうしてそれを……？」

「一時は今にも死にそうな顔をしてたくせに、最近、急に元気を取り戻してきたのは、カウンセリングのせいばかりじゃないとは思ってたわ」

想像はしていたことだが、本人の口からはっきり事実と宣告されるのはショックだった。

「やっぱり……ずっと僕のことを見張ってたのか。ということは、僕の記憶が全部戻ったことも知ってる？」

「そのようね。おめでとう」

「それで君は……僕をどうするつもり？」

「あなたを？　そっちはもう私の守備範囲じゃないわ。私は私で、これからも真犯人を捜し続けるつもりよ」

「真犯人？　そっちに興味が移ったってこと？」

ナオは一拍置いて、

「おかしなことを言うわね。私の目的は初めから真犯人にしかないわ」

「そう？　でも、君のお父さんをあんなことにしてしまったのは僕なのに」

「え？」

　ナオは怪訝《けげん》そうな声をあげた。とぼけているふうでもなかったし、だいいち、今さらそうする理由もないので、僕はちょっと面喰らった。

「君の本当の名前は川島由真だよね。調べたんだ。それで今日、君のアパートの前で、部屋から出てくるところを確かめたんだよ」

　ナオはしばらく黙っていた。そしてなぜか、急に声をあげて笑いだした。心底おかしそうな笑い声だった。やがてそれがおさまると、「そうかあ」と溜息をつくように呟いて、

「引け目もあるから、これ以上あれこれ言うのはやめておくわ。とにかく私の興味はもうあなたにないの。もうかけてこないでね。着信拒否にしておくから、かけてきたって無駄だけど」

　そしてふと口元を近づける気配がして、

「ひとつだけ忠告しておいてあげるわ。夜道とか、駅のホームには気をつけることね」

　それきり電話は切れた。僕が取り残されたのはますます深い混乱のなかだった。ナオはもう僕に興味はないと言った。そのいっぽうで、夜道に気をつけろなんてことを

口にする。彼女の本心はいったいどこにあるのだろう。考えれば考えるほど訳が分からなくなるばかりだった。

数日後、その一部始終を医者に喋った。医者はいったん最後まで黙って聞いていたが、電話でのやりとりの部分は特に詳しく順序だてて訊きなおしてきた。そしてしばらくシャーペンをカチャカチャいわせながら考えこんでいたが、

「『そっちはもう私の守備範囲じゃないわ』と言われたんですね？」

「は？」

「そして、『私は私で、これからも真犯人を捜し続けるつもりよ』と」

「……そうですが」

「さらに、『引け目もあるから、これ以上あれこれ言うのはやめておくわ』とも。けれどもその引け目というのは、いったい誰に対するものだったのでしょうか。あなたへの？　さらりと聞き流せばそう解釈してしまいそうですが、いくら正体を隠していたにせよ、自分が受けた被害に較《くら》べればものの数ではないのですから、それを引け目とまで感じるのも妙でしょう」

「では、誰への引け目というんですか？」

けれども医者はそれに答えずに、

「実は、私もちょっと気になって調べてみたんですよ。奥田惣一のほうもそうですが、殺害された秋元由紀の家族も。秋元家は今でも地元にあり、少女の両親が住んでいます。あと、少女には姉がいて、大学から東京に移り、今はセナックスという映像会社に勤めているそうです。そしてその名前は奈央でした」

僕は仰天した。そのセナックスというのこそ、僕が電話をかけたＣＭの制作会社だったからだ。そこにナオが勤めている？　いや、そんなことより、ナオが殺されたあの子の姉――？

いったい何がどうなってるんだ？

「これは私の推測ですが、廃墟の花の映像を撮影したのは秋元奈央でしょう。そしてその映像がＣＭに使われるように働きかけたんだと思います。その目的は、廃墟の映像を全国に流すことによって、事件の重要な関係者――あわよくば真犯人を現場に招き戻せないかということでした。つまり、あらかじめ彼女は奥田惣一は冤罪で、真犯人は別にいると考えていたわけですね。もちろんそれで真犯人が招き寄せられるなんて、蜘蛛《くも》の糸にも縋るような淡い期待に過ぎなかったでしょう。ところが実家に戻ってそれらしい人物が訪ねてこないか様子を窺っていたところ、いかにも土地の人間でないあなたが現われた。そしてタイミングよくあなたの具合が悪くなったようなので、彼女はすかさず接触を図ったのですよ」

　その内容を完全に把握するにはずいぶん時間が必要だった。

「そうか……そこに沙羅さんもやってきたわけですね」

　しかし、医者はいいえと首を横に振って、

「恐らく秋元奈央は事前に彼女と連絡を取り、この件に関して協力しあうことを約束していたのだと思います。結局、坂口沙羅こそ川島由真だったわけですね。役所に友人のいる秋元奈央にとって、奥田惣一の娘を捜し出すことは簡単だったでしょう。さて、二人は初め、奥田惣一を冤罪に陥れたのは真犯人の仕業と考えていた。その点で、二人の利害は完全に一致していたのです。ところが、やがてあなたは記憶を取り戻し、それによってあなたが冤罪をもたらした張本人であることが判明してしまった。その時点で、秋元奈央のターゲットはあくまで真犯人、川島由真のターゲットはあなたと、二人の目指す方向が完全に分岐してしまったのです」

「二人は最初から協力していた……？　あ、それじゃ、もしかして——」

「ええ。秋元奈央はたびたび川島由真の部屋を訪ねていたと見るべきではないでしょうか。先日あなたが目撃したのは、同じようにして川島由真の部屋を訪ね、朝方帰ろうとしていた秋元奈央の姿だったのでしょう」

「そうか。じゃあ、奈央の引け目の相手というのは、沙羅さん――いや、川島由真？」

「ええ。あなたは川島由真がせっかく見つけた恨みの対象です。彼女をこの件に巻きこんでおきながら、あなたに真相を教えることで防御の心構えを与えるのは、彼女への裏切り行為にほかならない。多分、そんなふうに考えたのでしょう」

僕は事の真相に茫然《ぼうぜん》とした。そして同時に、この天野という医者の洞察力に心底感嘆していた。

「名医というだけじゃなくて名探偵なんですね。ひょっとして、先生にはもう真犯人の目星もついてるんじゃないですか」

「まさか。あなたの話からだけでそんなことができれば、名探偵どころじゃなく、化物ですよ」

医者は軽く手を振って笑った。

「とにかく、おかげで雨雲が晴れた気分です。でも、結局のところ、僕は今後も川島由真に狙われ続けるということですか」

「彼女が実際にその種の行動に出るとは限らないでしょう。恨みの対象を見つけたこと自体が大きなガス抜きになったという可能性も考えられますし。どうか不幸な選択をしないように祈るばかりですね。できれば何とかして、彼女ともこんなふうに話相手になってあげられればいいのですが――」

「本当にそういうことになればいいですね」

そして僕は医院を出た。久びさに足取りは軽かった。もちろん、自分がしてしまったことへの罪悪感がすっかり消え去ったわけではない。たとえ具体的な行動には出なくても、僕を恨み続ける人間がいる事実は甘受しなければならない自覚もある。それでも漠然とした正体のない恐怖に怯えているよりははるかにましだった。

ただ、奈央にもう連絡を取るなと宣言されてしまったのは、やっぱり淋《さび》しい。このまま彼女とは二度と会えないのだろうか。それともいくつか状況が変わることで、すんなり再会できる可能性もあるのだろうか。そんなことを考えたりもしたが、すべては運命の糸に委《ゆだ》ねるしかないのだろう。

久びさにゆっくりテレビも観《み》た。例のＣＭにあたったときには少しどきどきしたが、異変が起こらなかったのでほっとした。むしろ、一連の赤い花の映像には素直にしみじみと美しさを感じた。

咲き乱れる赤い花ばな。

風にそよぎ、きらめく光の玉を弾《はじ》き、しなやかに、それでいて艶やかに揺れる花ばな。

「由紀ちゃん——」

知らないうちに呟《つぶや》いていた。そして不意に涙があふれ、頬を流れ落ちた。自分でも思いがけない涙だった。涙はあとからあとからこみあげてきて、やがて僕は肩を震わせ、声をあげて泣いていた。

十六年遅れの涙だった。

花の軛《くびき》

1

「は？」

書類を届けに僕のところにやってきた同僚が、何気なく机の上に飾られた花に眼をやり、ハタと二度見して声をあげた。花瓶挿しのスイトピーだ。

「ずいぶん似合わないものがあるな。どうしたんだ、これ」

「そりゃもちろん――」

僕は同じフロアにたむろしている女子社員たちのほうにいったん顔を向けて、

「――と言いたいところだけど、残念ながら誰もプレゼントしてくれないから、自分でね。綺麗《きれい》だろ」

「げ。自分で？　お前、いつからそんな趣味になったんだ」

「それはまた失敬な。僕はいつだって趣味人だよ」

「ぶるぶる。やめろよ。寒けがする」

「やだねえ。これだから風雅を解さない人間は。君も一輪の花を愛《め》でるくらいの心のうるおいがなくちゃイカンよ」

ゆっくり首を振りつつ憐憫《れんびん》の情をあらわしてみせると、同僚は言葉を失ったように口をひん曲げていたが、

「とにかく、これ、今日じゅうにな」

書類に指先を勢いよく叩《たた》きつけ、そそくさと退散していった。

僕はどれどれと書類に向きなおった。一見して少々手古摺《てこず》りそうな量だが、まあ、やってやれないことはないだろう。気楽にページをめくり、びっしり並んだ文字に眼を通していく。しばらくそうしているうちに、いつのまにか鼻唄《はなうた》までまじえている自分に気がついた。

ここ何日かの僕の機嫌の上昇ぶりは、どうやらまわりにもはっきり伝わっているらしい。普段は女子社員の顔色にしか興味のなさそうな課長にまで、「何かいいことでもあったのか」と声をかけられるくらいだ。

もちろん、それには理由がある。三輪江梨香《みわえりか》さんだ。彼女との運命的な接触が僕の

テンションを舞いあがらせているのだ。そんなことをまわりに知られれば、「それで浮かれているわけか」なんて言い方をされてしまうに違いない。いや、きっと、浮かれているというのはその通りだろう。何しろ、前々からひそかに心惹《ひ》かれていた女性と、ここ数日でかなり打ちとけた雰囲気にまで持ちこめたのだから。

その運命の日は先週の木曜。場所は帰りがけにはいった蕎麦《そば》屋だった。店が混んでいたので、あとから来た客が僕のテーブルと相席になったのだ。それが彼女だった。

僕が思わず「あ」と呟《つぶや》いたので、眼の前の彼女は「何か？」というふうに首を傾《かし》げた。

「ああ、いや。この先の花屋さんの人ですよね」

「ええ、そうですけど、どうして」

「どうしてって、あそこが会社への通り道だから。いつも前を通るたびに見かけてたんですよ。綺麗な店員さんがいるなって」

「そんな」

「いや、本当ですよ。それが僕の毎朝のちょっとした楽しみなんですから。こんなこと言って、気味悪がられると困っちゃいますけど」

「そんなことを言われると、こちらも困っちゃいます」

警戒されても仕方がないと思ったが、彼女は意外にあっけらかんとした笑顔を向けてくれた。

僕が初めて彼女の存在に気づいたのは二ヵ月くらい前だったと思う。確か、白髪の老婦人に応対しているところだった。そこまで憶《おぼ》えているのは、それほど彼女の笑顔が印象的だったからだ。あふれんばかりの笑顔というのか、花のような笑顔というのか、今まで僕がじかに眼にしたなかでいちばん魅力的な笑顔だった。

前を通るたびに彼女の姿を確認するのが毎日のささやかな楽しみというのも、嘘《うそ》偽りのない事実だ。かと言って、自分が客になってアプローチしてみようかというのは、頭の隅に浮かびはしたものの、とても実行に移す気にはなれなかった。これまで花なんかにまるで興味なく育ってきた自分が花好きの客を装《よそお》うのは気恥ずかしかったし、ヘタにアプローチして失敗すれば、彼女の笑顔を陰から眺める楽しみを失ってしまうどころか、毎日そこを通るのが辛《つら》い行為にさえなってしまうだろう。

そんな笑顔がこうして僕だけに向けられている状況は、ぞくぞくと震えがくるくらいの喜びだった。そしていったんこうなったからには、この喜びを手放したくないという気持ちが湧《わ》いてくるのはごく自然ななりゆきだ。幸い食事のあいだもけっこう話が弾み、互いに名前を教えあうこともできた。そして三杯目の蕎麦湯ももうじき飲みほしてしまうという段になって、僕はありったけの勇気を掻《か》き集め、また会って話をしてもらってもいいですかと切り出した。

「喜んで」

その答えに、僕がとびあがってガッツポーズをとりたい衝動をどれほど懸命に押し隠したか、誰にも想像できないだろう。

その後、僕らは土曜の夜に、そして花屋もお休みの日曜は昼過ぎから会った。やっぱり迷いが出てきたという素振りもなく、立て続けに二度も会ってくれるからには、彼女のほうも単なる好意以上の気持ちを抱いてくれているに違いない。そう思うのはそれほど虫のいい考えでないはずだ。

ちょっと心配だったのは、彼女との会話で花の話題を避けて通ることはできないだろうが、興味なさそうな顔色を見せずに話ができるかだ。けれどもいろいろ聞いていると、それなりに面白い部分もあり、だんだん興味も湧いてきて、これなら大丈夫と安心できた。職場の机に飾った花ももちろん彼女の店で買ったものだ。職場だけでなく、アパートの部屋にも——。こうして彼女から話を聞いたり、実際に生活でふれたりしているうちに、僕は少しずつ感化されて、花もいいものだとしみじみ感じるようになっていった。

ちょっと困ったのは、妹だ。妹の紗季《さき》は月に二回くらい、不意打ちで僕のアパートに押しかけてくる。年齢が八つも離れているので、ちっちゃい頃は可愛《かわい》くて仕方なかったが、高校生になった最近はすっかり生意気ざかりだ。今回も制服のまま、平日の夜にいきなりやってくるなり、テーブルの上のフリージアを目聡《めざと》く見つけて「んー？」と首をひねった。

「ちょっとちょっとぉ、何なの、これ」

「見て分からない？　花だよ」

「そんなボケはいらないって。何でこんなものがここにあんの？」

「あっちゃ悪いか」

「あーっ、兄貴、もしかして彼女でもできた？」

椅子《いす》に座った僕の両肩をつかみ、ゆさゆさ揺さぶりながら顔を覗《のぞ》きこむ。その間隔は十センチもないくらいで、思わず言葉に詰まってしまったのは痛いところを言い当てられたせいだけではなかった。

「分っかりやすーい。そうかあ。兄貴ももう二十五だもんね。よっしゃ。今度その人を連れてきなさい。あたしがどんな女かチェックしたげる」

　こっちの両肩をつかんだまま、そんなことを言ってのけた。

「何でお前にチェックなんかされなきゃいけないんだよ」

「だって、兄貴、女を見る眼ないじゃん。おかしな女に見境もなく入れあげてたら大変だもんね」

言いながら前屈《まえかが》みになると、僕の肩にずっしりと体重がかかる。

「女を見る眼がない？　何でそんなことが言えるんだ」

「そんなの、まる分かりだって。兄貴の好きなタレントだって、女からしたらそれはどうよってのばっかしだもんね。ぶっちゃけ、兄貴は屈託ない笑顔ってのに弱すぎなんだよ。腹で何謀《たくら》んでるか考えもしないで、上《うわ》っ面《つら》の笑顔ひとつでコロリと騙《だま》されちゃうタイプ。まあ世の中、ほとんどの男がそれだからヤんなっちゃうんだけど」

いつもこんな調子だ。全く生意気にも程がある。いや、そんなことより、この状況はあまりにも居心地悪い。昔からやたら僕に対して距離感が近く、ベタベタひっつきたがるところがあったが、高校生になってもそれが全然変わらないのは、要するに自分こそまだ子供ってことじゃないか。

「つくづく失礼な奴《やつ》だな。だいたいそういうお前こそ、男を見る眼はどうなんだ？」

「ご心配なく。兄貴の百倍は確かだって。こう見えて男には不自由してないんだから」

「それはよかったな。とにかく、いいから早く手を離せよ」

とうとう堪《こら》えきれずに言うと、

「あーっ、冷たーい。彼女ができた途端にそれ？　そんなこと言う奴はこうしてやる」

驚いたことに、椅子に座った僕の両腿《もも》をひょいと跨《また》ぎ、そこにすとんと腰をおろしたのだった。

僕は文字通り言葉を失った。紗季は僕の肩に乗せた手の接点を肘《ひじ》近くまでずらし、意味ありげな表情でじっとこちらを覗きこんでいる。お尻《しり》の重みをずっしりと両腿に感じる。顔が近い。息がまともにかかる。こっちは薄手のパジャマだし、むこうはスカートだけなので、密着した部分の肌のぬくもりが生々しく伝わってくる。少しでも体を動かすと密着した部分が今よりひろがりそうだが、それはダメだという声が頭のどこかで命じるものだから、ぴくりとも身動きできず、まるで金縛りにあったようだった。

「な、な、何のマネだ」

やっとのことで咽《のど》につっかかった声で言うと、それでもひとしきり僕の顔を覗きこんでいたが、ふとゆっくり首を横に振って、

「どうやらこのぶんじゃ、まだ彼女って言える段階でもないみたいね」

　そんなことを言うと、ようやくひょいと体を離した。それでようやく金縛りから解放された僕は、しばらくポカンと口をあけたまま、おかしな生き物を眺めるように紗季を見ていたと思う。

「なあに、その顔。ははあ。思わず欲情したな」

「な、何言ってんだ。ふざけるな」

「そういえば、兄貴、糖尿病もあるじゃない。あっちのほうは大丈夫？」

「余計なお世話だ！」

　すると紗季は口を横にひろげて、きっきっき、と妙な笑い方をしてみせた。

　この悪魔をあの江梨香さんに会わせる？　冗談じゃない。そんな事態はまっぴらごめんだ！

　けれども、その日はすぐにやってきた。江梨香さんに家族のことを訊《き》かれ、どうしようもない妹がいると洩《も》らすと、是非会ってみたいと彼女から言い出したのだ。そして全く不本意ながら、早くも次の日曜に三者面談が行なわれる運びとなった。

　江梨香さんは綺麗な白い花束を持ってきてくれた。可愛らしい小さな花弁《はなびら》をびっしりとつけている。草ではなくて木らしいが、いかにも清楚《せいそ》で可憐な風情だった。それを花瓶に活《い》けながら紗季が花の名前を尋ねると、「ヒース」と答えたあと、ちょっと

面映《おもはゆ》そうに、

「エリカともいうんです」

と教えてくれた。

「江梨香さんのイメージにピッタリですね。大事にします」

感激あらわな僕に、紗季がヤレヤレという顔で肩をすくめた。

けれどもその紗季にしても、いざ実際に会って喋《しゃべ》ってみると、たちまち江梨香さんを気に入ったらしく、

「あたしにも花のこととかお料理とか、いろいろ教えてくださいね」

すっかりなついたように甘えかかっていた。なので、

「どうだ。見なおしただろ」

江梨香さんがトイレに立った隙《すき》に、小声で紗季に言うと、

「甘いね。まだシッポは見えないけど、ないと認めたわけじゃないよ」

全面降伏どころか、そんな憎まれ口が返ってきた。

「シッポがあるのはどっちだよ」

どうせ負け惜しみだと思って軽くやり返したが、紗季は真面目《まじめ》な顔で僕の胸を指で突いて、

「冗談じゃないよ。シッポとか別にしても、江梨香さんが何か問題を抱えてるのは確かだから」

「問題？ 何でそんなことが言えるんだ」

「笑顔にばかり気を取られてる兄貴には見えないだろうな。そうじゃない表情にも注意してみるんだね」

偉そうに。僕はやっとのことでその言葉を呑《の》みこんだ。

だけど不安がないでもない。紗季は昔から妙に勘の鋭いところがあった。ちっちゃい頃に予言めいたことをズバリ的中させて、まわりを薄気味悪がらせたことも何度かある。今回もそういうのでなければいいのだが。僕はテーブルに飾ったエリカの花に縋《すが》るように眼をやった。

2

そして次の土曜のことだ。

僕はあるオンラインゲームの同好会にはいっている。オフ会はあちこちで行なわれるので参加したりしなかったりだが、今回の会場に指定されたカラオケボックスはたまたま僕の会社の最寄駅の圏内だったので、開始時刻の四時頃から顔を出した。会自体は夜通し続く勢いだったが、僕は十時前に切りあげ、駅に向かってぶらぶらと歩いていった。

満月だった。やけに大きな月。おぼろにちぎれた群雲のなかを走っているように見えるのが何とはなしに不気味だった。

最寄駅が同じとはいえ、会社とは方向が異なるので、こちらには一度も足を向けたことさえない。来るとき、公園を抜けるのが近道と見当をつけていたので、鬱蒼《うっそう》と繁《しげ》る木立に挟まれた遊歩道にはいった。そこを通り過ぎると大通りに出るとばかり思っていたが、抜け出たところは団地だった。ずいぶん古い団地らしく、贅沢《ぜいたく》にとられた敷地には緑が多く、まるで公園の一角に団地が建てられているかのようだった。

見あげんばかりの巨木が大きく枝をひろげている。街灯がその梢《こずえ》に包まれる恰好《かっこう》になっているため、あたり一帯はひどく薄暗かった。あくまで近道を選ぶには、このまま団地を通り抜けるしかない。そう判断して、僕は団地の敷地にはいれる場所を捜そうとした。

そのとき、突然近くで人の声がした。息を呑むような女の声。それに重なるように、怒気を含んだ男の声もまじった。

見ると公園側の歩道から団地への通り道があって、その角の大きな繁みのむこうから聞こえてくるようだ。言い争い？　カップルがケンカでもしているのか？　けれども僕が咄嗟《とっさ》に感じたのはそれ以上の異変だった。思わず一瞬怯《ひる》んだが、女性に何かあってはいけないと思いなおし、恐る恐る声の方向に近づこうとした。その途端、バタバタと走る足音がしたかと思うと、繁みの陰から真っ黒な人影がとび出してきて、こちらとぶつかりそうになった。

思わず「あっ」と叫んだと思う。人影のほうもぶつかる間際《まぎわ》に驚いたようにとびのき、そのままの勢いでバタバタと走り過ぎていった。男だったのは間違いない。大柄な図体《ずうたい》にもかかわらず、ひどく敏捷《びんしょう》な動きだった。

こちらは地面に尻餅《しりもち》をついていた。慌《あわ》ててモタモタと起きあがり、男が出てきた方向に体を突き出した。十メートル足らず先の暗がりに若い女性が立っていた。肩で息をするような、今にも頽《くずお》れそうな様子だった。そして僕の気配を察したらしく、急いで背を向けて走り去っていった。

その後ろ姿を見て、僕はぎょっとした。

江梨香さん？

そうとしか思えなかった。そういえば今まで僕のアパートに来てくれはしたが、彼女のほうは住所さえ聞いたことがない。この近くか、それともこの団地に住んでいたのだろうか。後ろ姿がケシ粒のように小さくなるまでものの数秒ほどだったし、すぐにとある棟のむこうに消えてしまったが、間違いなく今のは江梨香さんだった。それなのにあとを追わなかったのはなぜだろう。今からではもう間にあわないという判断もあっただろうが、それよりあの江梨香さんの身の上にこんな出来事が降りかかったこと自体がショックで、ただただ狼狽《うろた》え、硬直していたのだと思う。そして彼女の姿が消えてしばらくたってから、ようやくさっきの男への憤《いきどお》りと、もう少し自分が早く通りかかっていればという悔しさが湧きあがった。そしてその気持ちは帰り道を辿《たど》るにつれてどんどん沸々《ふつふつ》と強くなった。

　ただ、アパートに戻ったあと、さっきのことを江梨香さんに尋ねるべきかどうかには迷った。彼女にしてみれば、あんな出来事、思い出すのも嫌だろう。それに今さらそのことを持ち出せば、それならどうしてそのときに助けてくれなかったのかという流れにもなりかねない。あのときすかさず呼び止めていれば何でもなかっただろうが、その意味で僕は完全にタイミングを失っていたのだ。

　とはいえ、詳しい事情を確かめたいという気持ちも強い。全くの通りがかりで、見も知らない男だったのか。それとも心あたりがあるのか。あるとすればそれはそれで大きな問題だ。それに、ただ何か言われただけなのか、物を盗《と》られでもしたのか、それとも痴漢行為に及ぼうとしたのかによっても問題の大きさは天と地ほど違ってくる。迷った末、今度会ったときにしっかり様子を窺《うかが》おうというところに落ち着いた。もしもそれなりに深刻な事態なら、どう包み隠しても表情や素振りに出るはずだ。そう考えて、とりあえずその夜は電話をかけるのはやめた。

で、翌日の日曜に約束通り店で会ったとき、できるだけさりげなく注意を払ったが、いつもと変わった様子はどうしても感じられなかった。笑顔はどこまでも屈託なかったし、ふとした表情の翳《かげ》りも見て取れない。やっぱりただの通りすがりで、たいした被害もなかったのだろう。それともよっぽど僕の眼が節穴なのだろうか。もちろんそんな心配がないでもないが、だからといって紗季に応援を頼んだりするのはまっぴらだ。すると江梨香さんのほうから、

「そういえば一昨日、北通りのあたりで紗季さんを見かけたわ」

と話題に持ち出してきた。北通りといえば、この地域ではいちばん大きな町の繁華街だ。

「へえ。何時ごろですか」

何気なく訊くと、

「夜の……九時くらいだったかしら」

それは少々聞き捨てならない。あの界隈《かいわい》は飲み屋や風俗店も多く、夜になると怪しげな客引きがたむろして、昼とはがらりと雰囲気が変わってしまうのだ。

「あいつ、そんな時間にあんなところで何やってんだ。それで、見かけただけですか？」

「ええ。人といっしょだったから声はかけなかったの」

「人と？　それは江梨香さんのほうが？」

「いいえ、紗季さんのほうが」

「友達連中とフラフラほっつき歩いてたのか。しようのない奴だな」

いちおう兄らしく遺憾の意を表すると、江梨香さんはなぜか少し困った顔になって、

「友達というのとはちょっと違うんじゃないかしら。かなり年上の男の人だったし」

「男？　どんな感じの？」

「暗かったので、あまりはっきりとは。何となく、普通の勤め人という雰囲気ではなかったような」

「会社員ぽくない感じ？」

「ええ、まあ」

何てこった。昔からどうしてそこまで危なっかしいことばかりやるのか、ハラハラさせられっぱなしだったが、とうとうそこまで。そりゃまあ、あいつがどんな男とつきあおうが勝手というもんだが、それでもやっぱり兄としては心配せずにいられない。何と言ってもまだ高校生なんだし。そんな想《おも》いでついつい苦虫を嚙《か》み潰《つぶ》していると、

「ごめんなさい。何だか言いつけたようになってしまって。紗季さんに悪いわ」

江梨香さんは申し訳なさそうに肩をすくめた。

「いや、いいんですよ。そういうことをしてるのはあいつなんだから。……それはそうと、江梨香さんはどうしてそのとき北通りに？」

「近くに友達が住んでるの。そこが通り道だから」

「ああ、なるほど」

その話題はそこで切りあげた。そしてあれこれ話をしているうちに、狙《ねら》い通り江梨香さんの住所を聞き出す流れに漕《こ》ぎつけた。アパートに戻って地図で確かめたところ、それはやっぱりあの団地だった。これでもう間違いない。昨日の女性は江梨香さんだったのだ。けれどもそれがはっきりしたらしたで、ますます宙ぶらりんな気分に追いやられたような気がする。そんなこんなが頭をぐるぐる巡って、その夜は思いっきり悪い夢に魘《うな》された。

翌日、仕事の帰りにその団地へ寄り道してみた。そうでもしないと何だか気持ちがおさまらなかったのだ。別に疚《やま》しさを感じる謂《いわ》れはどこにもないはずなのに、団地に近づけば近づくほど妙な後ろめたさがひしひしと這《は》い寄ってきた。

聞いた住所からどの棟の何号室かも分かったので、少し離れたところからその部屋を見あげてみた。同じ造りのベランダが画一的に並び、彩《いろど》るものといえばせいぜい洗濯物くらいというなかで、そこだけはいろんなタイプの鉢が飾り置かれて、白や紅色の美しい花が咲きこぼれていた。

　その美しさは僕を和ませた。だけどあんまりジロジロ眺めているといかにも怪しい奴なので、後ろ髪を引かれつつ適当に切りあげてその場を離れた。

　一昨日のあの場所にも行ってみた。夜中に見た風景とはまるで印象が違う。木立こそ鬱蒼と枝をのばしてはいるが、全体にからんと明るく、すぐ近くのちょっとした広場では五つ六つの子供たちが遊んでいた。

　江梨香さんが頽れそうに立っていたあたりにも、今は何の痕跡《こんせき》もない。僕はそこから少し引き返し、男とぶつかりかけた場所にも行ってみた。角の繁みもあのときの真っ黒な怪物めいた印象からは程遠いものだ。そこにもやっぱりあのときの痕跡は何も

——

いや？

僕は繁みの下に何か白いものが落ちているのに気づいて屈みこんだ。拾いあげてみると、それは名刺の倍ほどの大きさのメモ用紙だった。中央に浅く折り目がつき、さらに全体がゆるくクシャッとなっている。そしてひろげた片面に、細目のマジックで「永遠に離れない」と書かれていた。

僕はぞっとした。

これがあの男の落とし物である保証はない。全く関係のない別人が落としたか捨てたかした可能性もある。ただ、何日も風雨に晒《さら》された形跡がないのは確かだ。いや、やっぱりあの男だろう。そう考えてこそ、このおかしな一文も腑《ふ》に落ちる。

そうだ。あのとき、あの男はこの書きつけを手渡そうとしたか、あるいはこれを御守りにでもして、直接想いを訴えようとしたのだろう。そして彼女に拒絶されたために、逆上してつかみかかろうとしたに違いない。

もちろんそれが初めてのアクションだったかも知れない。だけど、どちらかと言えばそうでない可能性のほうが高いだろう。つまり、ストーカーだ。あの男は江梨香さんのストーカーだったのだ。

だとすれば、彼女は既に男を知っていたことになる。仮に、それまでは姿を見せていなくて、あのとき初めて彼女の前に現われたのだとしても、そこで男がストーカーと分かったはずなのだから。

　そう考えると、あの男への怒りが十倍にもなって噴きあがった。と同時に、そのことを気配も感じさせず明るく振舞っている江梨香さんを健気《けなげ》に思った。言ってくれればいくらでも力になるし、そのぶん気が楽にもなるだろうに。ただ、彼女にすれば口にするのも忌《い》まわしいことだろうし、僕自身がまだ悩みを打ち明けられるような相手ではないということなのだから、早くそんな存在に昇格できるように頑張ろうと改めて思った。

3

襲撃してくるときはけっこう立て続けというケースも多いのだが、紗季はその週も、そして次の週もふっつり姿を見せなかった。

　いざ来る気配が途絶えてしまうと、どうしているのかひどく気になった。その後も江梨香さんが目撃したときの男とつきあっているのだろうか。抜きさしならない深みに落ちたりしていないだろうか。それともその手の男がいっぱいいて、とっかえひっかえつきあっているなんてことは？　もしかして、援交まがいのことをやっていたりはしないだろうか。——そんなことを考えていると、それこそどんどん深みにはまっていって、頭がいっぱいになってしまう。

いけないいけない。人のことにかまっている暇はないはずだ。現に、江梨香さんはあれからも気軽に僕の誘いに応じてくれるものの、それ以上の進展はなかなか許してくれそうにない雰囲気だ。もともと僕も女性に対してガツガツ行けるタイプではないし、この茶飲み友達的なふんわりした関係がそれはそれで心地よくもあったので、ゆっくり時機を見る構えでいくのもアリかなという気はしている。

それより問題はストーカーの件だ。このまま放っておくわけにいかない。できるだけ早いうちに何とかしなければ。そうでないと、あまり考えたくないことだが、きっととんでもないことになるだろう。しかも、もしもそれがもうずいぶん前から続いているなら、妄執のエネルギーはいつ爆発してもおかしくないくらいに積もり積もっているかも知れないのだから。

ただ、江梨香さん自身が打ち明けてくれない限り、こちらから事情を訊き出すことはできない。そんな状況で、果たして男の素性を探り出すことなんてできるだろうか？
もっとも、全く手段がないわけではない。江梨香さんの部屋の近くに張り込み、また男が近づいてくるのを待つという手だ。実際、あれからも何度かこっそり団地に足を向けている。けれどもそれらしい男の姿はいっこうに見あたらず、逆にたびたびまわりでウロウロしているうちに、子連れの主婦連中からいかにも不審げな眼を向けられ、すっかり近づきにくくなってしまった。

そんなある夜、近くに住むゲーム友達から誘われて北通りに飲みに出た。前にもチラリと話に出たが、僕には糖尿病の持病があって、普段からアルコールの摂取には注意している。特に江梨香さんとのときはみっともないところを見せないようにと、極力量をセーブしているのだが、その反動もあったせいか、気づかないうちにいつもよりピッチが進み、二時間もたった頃には耳の奥で血液の流れる音がゴウゴウと鳴り響くくらいになっていたので、慌てて血糖コントロールの薬を服《の》んだ。

初めての店だった。内装がやたら凝っていて、広いフロアに客が行ったり来たりしている。流れているのは昔のプログレというやつだろうか。踊っている客はいないが、影絵のようにユラユラと流れ蠢《うごめ》いている様子が妙に曲としっくりあっているように思えた。連れがトイレに立ち、フロアの光景にぼんやり眼を向けていたそのとき、揺らめく影絵のなかからひとつの人影がふと僕の気を惹いた。

ガッシリした大柄の図体。ロックのドラマーみたいにのばした髪。真っ赤なTシャツにデカデカとプリントされた黒い髑髏《どくろ》が笑っている。

あの男――?

はっきり顔を見たわけでないから確信ではない。だが、全体的な印象がそっくりだ。酔いがいっぺんに醒《さ》め、それでもまつわりついて離れようとしない意識のたるみを、両頬を思いきりビシャビシャ叩いて追い出した。

男はカウンターにいた。連れはいないようだ。年齢は三十代後半だろうか。小さな黒メガネ。長髪を後ろで括《くく》って垂らしたシッポ。一般的なイメージとしては大きな図体に陰気さは似合わないように思うが、暗い顔で背を丸めながらグラスを見つめている。そして不意にそのグラスを大きく呷《あお》り、空にしたかと思うと、テーブルに叩きつけるようにして立ちあがった。

帰ろうとしているのだ。僕は慌てて腰を浮かせた。男は椅子の背《せ》凭《もた》れにかけていたジャンパーに腕を通しながらレジに進み、勘定をすませて出口に向かった。連れはまだトイレから戻ってきていないが、この緊急時では仕方ない。僕は迷わず男のあとを追った。

男は通りに出ると、駅とは反対方向に歩いていく。繁華街とはいえ、本当に華やかできらびやかな範囲はごく限られたものだ。二分も歩けば周囲はすっかり薄暗い住宅地に変わり、男の後ろ姿が淡い街灯を浴びて濡《ぬ》れたように光っている。最近の張り込みもそうだが、何しろ尾行というのも生まれて初めてのことなのでドキドキが止まらない。そしてそのドキドキには、他人の秘密を垣間《かいま》見《み》るような淫靡《いんび》な高揚感が確かに含まれていた。

ストーカーと呼ばれる人種もこのワクワクドキドキした高揚感を味わっているのだろう。だとしたら、いったんその行為にハマるとやめられない気持ちも分かるような気がする。いや、もしかすると、僕自身も充分にその素質があるのではないだろうか？　そんなことを考えて妙な気分になりかけていたとき、男が突然道端に落ちていた空き缶を思いきり蹴《け》りつけ、カーン、カラカラと派手な音を夜の住宅街に鳴り響かせたのでギョッとした。

別に自分を品行方正なほうとは思っていないが、子供の頃は別にして、そんなことをしたことがない。よほど何かが溜《た》まっているか、それとも普段から空き缶を見つければ反射的に蹴らずにいられないタイプの人間なのだろう。そのことひとつで反社会的とまで決めつけるつもりはないが、いい齢《とし》をして、やっぱり衝動をコントロールしきれない人間であるのは確かだ。これはますます見つからないように気をつけなければ。僕はなるべく気配を消し去ろうと思ったが、意識すればするほど体の動きはギクシャクと思い通りにならなかった。

幸い男は後ろを振り返ったりすることもなく、五分ほど歩いてとある古いビルにはいった。近づいて一階正面の大きなシャッターの上にある看板を確かめると、『オネシス映像社』と読めた。しばらくしてどれも真っ暗だった窓のうち、二階の窓二つにぱっと明かりがついた。きっと男がその部屋にはいったのだろう。どうやら男はこの会社の人間らしい。映像関係ということなら、男のロッカーじみた身なり風体にも納得がいくような気がする。そのまま十分ほど近くから様子を窺っていたが、窓からは何の変化も見て取れなかったので、今日はこれだけで充分な収穫だと思うことにして帰った。

もちろん、店に置いてけ堀にした連れに、あとでさんざん怒られたことは言うまでもない。

ともあれ仕事先まで分かったのだから、素性をつきとめるのは簡単なことだ。とはいえ素人《しろうと》の身としては、いきなり会社に乗りこんで訊き出すなんて芸当は手に余る。僕にできるのは、あのビルを見張って奴が退社するのを待ち、あとを尾《つ》けて住処《すみか》を確認することだろう。ヤレヤレ、こちらも会社勤めの身なんだから、そうするためには早退しなければならないわけだ。それでもそんなことをしている自分を想像すると、やっぱりワクワクした気分が混じるのを感じた。

けれどもそこでハタと気づいた。映像関係の仕事をしているとなると、それこそ盗撮や盗聴なんてお手のものだろう。だとすれば、奴は江梨香さんにその種のものを仕掛けているかも知れない。少なくとも、ストーカーになった時点で真っ先にそのことを思いつくはずだ。あまり想像したくないことだが、あれから奴を彼女の団地近くで見かけなかったのも、そうやって遠くから監視できるからだとすれば腑に落ちる。そう考えると、彼女のことが心配で居ても立ってもいられなくなった。

どうしてこんなことにすぐ頭がまわらなかったのか、自分のボンヤリぶりが嫌になった。すぐに気づいていれば、徹夜してまで会社に居残る可能性は少ないだろうと見積もって、そのまま監視を続けただろうに。あれからもう一時間は軽く過ぎているが、まだ会社にいるだろうか。無駄足になるかも知れないが、行ってみよう。そう思い立つと、僕はすぐにアパートをとび出した。

迷うことなく無事に辿り着き、自分が方向音痴に生まれてこなかったことを感謝した。けれどもどの窓も真っ暗なのを眼にしたときには、それこそ近くに空き缶があれば蹴りとばしたい気持ちになった。いったん戻ってきたのに結局手ぶらで帰らなければならないなんて、どれだけ惨《みじ》めなんだろう。諦《あきら》めきれずにビルの横手にまわり、通用口を見つけてそのドアノブをガチャガチャさせてみようとしたが、あまりにも抵抗なくすんなりまわったので、逆に頭から氷水を浴びせられたようにぞっとした。

　僕は勇気を振り絞って真っ暗な屋内に忍びこみ、ドアを閉めた。ただ、二階にあがるにしても室内を探るにしても、こんな真っ暗ななかではどうにもならない。電気をつけても大丈夫だろうか？　近所の人間が気にするはずはない。この会社の人間がすぐそばにいない限り大丈夫だ。そう決めて壁のスイッチを捜し、思いきって明かりをつけると、ゴチャゴチャと機材や段ボールの積み置かれた狭い通路が現われた。ほかの部屋へのドアや階段もあり、壁にはベタベタとポスターが貼《は》られている。そしてそのポスターはどれも綺麗な女性のバストショットだった。

　ぐるりとそれらを眺めまわして、すぐに僕は気がついた。みんなＡＶのポスターだ。映っているのはＡＶの女優さんだ。それぞれにそれっぽいタイトルがつけられ、よくよく見るとすべてに『オネシス映像』とロゴがはいっている。社名に騙された。映像関係は映像関係でも、ここはＡＶの制作会社なのだ。それを知って、僕はますます何とも言えない気分に囚《とら》われた。

僕はありったけの勇気を絞り出して二階にあがった。部屋のドアに鍵《かぎ》はかかっていない。もともと会社全体に防犯意識が薄いのだろう。建物の正面方向にいちばん近いドアをあけて覗きこむと、窓のカーテンごしの光しかないなかで、だだっぴろい部屋に机がズラリと並んでいる。照明をつけたところ、どの机にもいろんな書類が崩れそうに山積みになって、いかにも編集室というイメージ通りの光景だった。

もう胸のドキドキは痛いくらいだ。ここまでくれば高揚感どころではない。一刻も早く逃げ出したい。その気持ちを懸命に押し殺し、何か手がかりはないかと十五ばかりある机をひとつひとつ見てまわった。その途中でふと壁に眼をやると、社員たちの所在を記録する白いボードがあって、それぞれに顔写真が貼りつけられていた。

あの男の顔写真もある！　名前は苗字《みょうじ》だけだが菱川《ひしかわ》となっていた。これは大発見だ。たまたま偶然侵入できただけにしては充分すぎる収穫だろう。これで今すぐ逃げ出しても後悔する必要はなくなった。

けれどもそうなると人間かえって欲が出るものらしい。せめてどの机が菱川のものかつきとめられないだろうか。それが分かれば下の名前を知る手がかりも見つかるかも知れない。そんな想いで僕は机の検分を続行した。

僕の職場でいちばん散らかった机より、どの机も雑然としている。いちばんの違いはいたるところに積み置かれたＤＶＤだ。女優の魅力を前面に打ち出したパッケージもあれば、企画内容を強調したパッケージもある。なかには見るからにどぎついものも。紙の切り屑《くず》。消しゴムのカス。崩れたままの書類。パソコンにベタベタと貼られたシール。散乱したメモ書き。とっくに吸殻があふれてしまっている灰皿。使用済みの紙コップやペットボトル。整理などしている暇もゆとりもない状況が手に取るようだ。情報量はやたら多いのに、どれが奴の机かを示すものは見あたらない。机の上だけではやっぱり駄目か。そうだ。ポイントカードか名刺のストックでもあれば――。そう考えて、途中から引き出しのなかまで探っていった。指紋が残ってしまうけど、大丈夫だろうか？　大丈夫だろう。別に泥棒してるわけじゃないんだし。そんなふうにだんだん大胆になってきている自分に、僕はちょっと驚いていた。

そして八番目か九番目の机に眼を向けたとき、僕の動きは金縛りに遭ったようにぴたりと止まった。パソコンのディスプレイの右上に小さな金具で写真が止められている。女性の写真だ。ＡＶ女優ではない。よく見知った女性。それが江梨香さんだったら、僕は小声ながらもビンゴと叫んでいただろう。だけどそうじゃなかった。写真に映っていたのは僕の生意気な妹――紗季だったのだ。

全身に鳥肌が立つざわざわという音が耳に聞こえるようだった。

どうしてあいつの写真がこんなところに？　僕は訳が分からなかった。人間、あまりにも訳の分からない出来事に遭遇すると、激しい恐怖に襲われるものらしい。そうだ。江梨香さんなら分かる。どうして紗季なんだ？　写真のなかの紗季は制服姿で、屈託ない笑顔をカメラに向けていた。

僕は震える手でその机を探った。ゴチャゴチャと投げこまれた種々雑多な文房具類。特に何十本もの様ざまな筆記具。定規。カッター。ハサミ。セロテープ。スティック糊《のり》。付箋《ふせん》。クリップ。画鋲《がびょう》。それから錠剤入りの小壜《びん》。フロッピーディスク。メモリーチップ。ライター。髭剃《ひげそ》り機。歯磨きセット。爪《つめ》切り。絆創膏《ばんそうこう》。残念ながらポイントカードも名刺も見つからなかったが、髑髏やトカゲやサソリをデザインしたキラキラ・ジャラジャラのアクセサリーがいっぱいあったので、やっぱり奴だと確信した。

落ち着け、落ち着け。冷静によく考えろ。僕は懸命に自分に言い聞かせた。

奴は紗季のことを知っている。

それはつまり、僕のことも知っているということだ。

考えれば、奴は江梨香さんのストーカーなのだから、僕の存在がアンテナにかかったのは当然だろうか。

もしかすると初めはあまり気にしていなかったかも知れない。だけど彼女の団地で張り込んでいる僕の姿に気づいて、そこから僕のことを詳しく調べあげた可能性もあるだろう。

とにかく、そんな脈絡で奴は紗季のことも知ったのだ。

こうして写真まで入手しているということは、いずれ紗季をどうにかするぞとでも脅して、僕に江梨香さんから手を引かせようと考えているのではないだろうか。

単なる脅しのつもりだけならいい。だが、ストーカー行為に走るような人間なら、逆上させると本当にやりかねない気がする。いくら生意気とはいっても、やっぱりこの世にひとりっきりの妹だ。そんなことになったらと考えるだけで、胸のなかを見えない他人の手でひっかきまわされるようだった。

どうにかしなければ。どうにか。

もしも僕が毒薬でも持っていれば、僕は迷わず小壜の錠剤に仕込んだだろう。そうでないのが残念でたまらなかった。今までこんなに人に憎しみを抱いたことはない。せめて何か一矢《いっし》報いる方法はないだろうか。そんな想いで改めて引き出しのなかを探ろうとしたが——

毒？

僕の服んでいる薬も、量や場合を間違えば危ないと医者から口酸《す》っぱく言われている。下手すると命に関わると。だったら普通の健康人が服んでも充分危険だろう。僕は自分のピルケースを取り出し、なかでも特に気をつけろと言われている薬と小壜の錠剤を見較《みくら》べた。大きさといい、色といい、そっくりだ。

そのとき、僕の体にそっと悪魔が滑りこんだに違いない。僕はまず小壜の蓋《ふた》をあけ、なかの錠剤をすべて机の上に出した。その数は十五ほどだ。僕はまずその数を十ほどに減らし、残った錠剤にスティック糊を塗りつけた。そしてそれらを小壜に戻し、指で押しつけて錠剤どうしをくっつけあわせた。さらに隣の机にあったヘアドライヤーを使って、壜のなかを念入りに乾燥させた。

うまくいった。壜をさかさにしても錠剤は落ちてこない。そこに僕のピルケースから錠剤を三つ入れ、蓋をしめなおした。

これで次に錠剤を取り出すときには、確実に危険な薬にあたる。ほかの錠剤が壜の底にくっついているのを怪しまれればアウトだが、そうそう気づくとも思えないし、たとえ気づいてもそれほど不審がるとは思えない。そうだ。きっとうまくいく。僕はすべてを元通りに戻し、念のために指紋もできるだけ拭《ふ》き取ってそのビルから脱け出した。

それほど罪悪感はなかった。それよりも憎悪《ぞうお》のほうがはるかに大きかった。だいいち、これで相手が生命の危険にまで陥るかどうかも分からないのだ。ただ、罪の大小はともかく、今の僕は立派な犯罪者には違いない。僕は犯罪者らしくコソコソとビルから離れ、犯罪者らしくなるべく人眼を避けながらアパートに戻った。

4

それから三日間、僕は悶々《もんもん》として過ごした。いろんな感情が渦巻き、混じりあって、自分でもそれらのひとつひとつがどんな感情か見極められなかった。だから当然、それらを整理することもできない。ただ、江梨香さんから贈られたエリカの白い花を眺めているときだけ、わずかにでも心が和んだ。あれから僕の部屋にもすこしずつ花の種類がふえてきているが、やはりエリカの花は僕にとって特別のものなのだ。

とにかく、男がどうなったのか知りたかった。あれからも江梨香さんへのストーカー行為は続いているのか。それに紗季のこともある。男はあの薬を服んだのだろうか。服んだけれども別にこれといった異変はなかったのだろうか。いずれにせよ、僕への脅しがまだ実行されていないのは確かだ。昨日も僕はまた江梨香さんに会ったのだから、そろそろアクションを仕掛けてきてもよさそうなものなのに。

江梨香さんの素振りからは、やっぱり裏で起こっていることは見て取れなかった。いい加減、ズバリと訊いてみようか。よほどそう思ったが、彼女の笑顔を見ているとやっぱりどうしても切り出せなかった。

そうなると結局自分で確かめるほかない。薬の件のせいで中断した恰好になっているが、もともとそうするつもりだったじゃないか。もう一度あのビルに行って様子を窺ってみよう。そして奴がピンピンしていたなら、帰宅するところを尾行して住所をつきとめるのだ。そう決断して、次の日、いつもの退社時刻より一時間ほど前に早退しようとしていたとき、思いがけず紗季からケータイに電話がかかってきた。

「ねえねえ、今日、時間ある？」

「何だよ、いきなり」

「ちょっと相談に乗ってくれないかなあ」

「相談？　珍しいな。けど、無理だぞ。金はないからな」

「そんなんじゃないって。実はあたし、結婚しようと思って」

「ケッコン!?」

僕は思わず素《す》っ頓狂《とんきょう》な声をあげ、慌てて周囲の視線から首を縮めた。

「ナニ寝ボケたこと言ってんだよ。お前、まだ高校生だぞ。高校生！」

「だから、卒業したらすぐにと思ってるの」

「そんなこと言い出してみろ。どんな騒ぎになるか。母さんなんて、下手すりゃ卒倒しちまうぞ」

「だから兄貴にも協力してもらおうと思って。ね、可愛い妹のために。お願い！」

「ざけんなよ。僕だっていきなりそんな話聞かされて、ハイ、そうですかと言うわけないだろ」

「だから時間あるって訊いてんじゃん。彼ともそのへんの話をしておいてほしいし」

「とにかく今日は用事があるから駄目だ！」

そう言って電話を切ったが、むしろ本当に用事があることにほっとしていた。男に会うなんて冗談じゃない。娘の結婚相手に引き会わされる父親の気持ちが分かったような気がした。だいいち僕よりずっとオヤジなんだろ？　いったいどんな顔すりゃいいんだ。しかもいい齢こいて女子高生に手を出すような男に。そいつもいったいどんな面さげて会いにくるつもりなんだ？

そのことはそのことで、考えていると頭が変になりそうだ。そうだ。今度、天野先生にでも相談してみよう。そう思いついたおかげで、僕はひとまず頭をその問題から切り替えることができた。天野先生というのは、妹の紗季が一時期情緒不安定になっていた頃、診てもらっていた精神科の医者だ。医者としてはまだ若く、何より気さくで話しやすい性格なので、妹がすっかりよくなってからもお兄さん的な存在としてつきあいが続いているのだ。

　とにかく、眼の前の問題は奴《やつ》の安否だ。僕は例の映像会社に到着すると、思いきってそのままビルのなかに足を踏み入れた。もともと人の出入りも多そうだったし、今見ても受付できちんとチェックするような態勢でもなさそうだったからだ。それでもやっぱりドキドキしながら二階にあがり、編集室を覗《のぞ》きこむと、四日前の夜とは打って変わって社員が大勢いたが、奴の机はぽっかりと不在のままだった。

　それを眼にして、心臓が火にかけたミノのようにギュッと縮みあがった。

「あのう、菱川さんはどちらに」

　近くにいた四十男に訊いてみると、

「菱川？　ああ。さっき届けものがあるって出ていったよ。二十分くらいで戻ってくるはずだけど、ご用件は？」

「ああ、いえ。それならいいんです」

　僕は手を振ってすぐに部屋から出た。

　奴は生きていた！　僕は空き缶を百個でも蹴りとばしたいほどガッカリしたが、それでもさすがに何割かほっとしたのも事実だった。結局、生きている以上、ストーカー行為は続いているのだろう。そして僕への脅しも時間の問題か。そう思うとますます怒りや憎しみがふくれあがり、僕はそれを懸命に抑えながらビルの向かいの路地に身をひそめた。

奴はきっかり二十分後に戻ってきた。青いラメがキラキラ輝く派手なスタジャンを着ている。小さなサングラス。頭の後ろに垂らしたシッポ。まだ明るいなかでまじまじと姿を眺めるのは初めてだ。あの夜は終始陰気そうな顔をしていたが、今はそうでもない。九十キロは軽く超えてそうな巨体に似合わず、敏捷そうな大股《おおまた》な足取りで駆け戻り、ビルにはいった。

ケータイで時刻を確かめると、五時少し前だ。一般の会社ならもう少しで退社時間になるが、果たして奴も素直にそれに従うだろうか。しばらくするとほかの社員がぞろぞろと出てきて、その最後のほうに奴の姿もあった。

その後の尾行の経緯は詳しく説明するまでもない。奴は電車に乗り、二つ隣りの駅で降りた。そこから十分ほど歩いて奴がはいっていったのは五階建ての古いマンションだった。奴は僕の顔も知っているはずだから、ノコノコいっしょについていくわけにはいかない。仕方なく外から玄関ホールを覗きこむと、奴はエレベーターを待っている様子だ。このままでは奴の部屋がどこか分からなくなってしまう！　僕は焦《あせ》り、奴が乗りこんだエレベーターのドアが閉じるのを待ちきれずに駆けこんだ。ただ、幸いその横に集合ポストが並び、急いで点検していくと〈４０５〉に〈菱川〉の表示もちゃんとあったので、思わず身を屈《かが》めてガッツポーズを取った。まるでチョモランマの頂上を征服したような気分だった。

だけど冷静になって考えてみると、住処をつきとめただけでは意味がない。問題はこれからどうするかだ。ただ、それさえ実現できるかどうか分からなかったので、そこから先は何も考えてなかったことに改めて気づかされた。

僕らへの手出しをやめさせることができるならそれでいい。だが、言ってやめるような相手なら初めからやらないだろうし、逆ギレさせてもっと悪い事態を招くのがオチだ。警察に訴えるのも似たようなものだろう。ここはやはり問答無用な手段を取るしかない。そのことを再認識すると、体じゅうじわじわと冷たい身震いに押し包まれた。

念のためにエレベーターで四階にあがり、奴の部屋を確認した。あちこち染《し》みの浮き出た薄暗い廊下に、一世帯ごとに金属のドアとアルミサッシの窓が一つずつ。ドアには縦長のワイヤーガラスが嵌《は》め殺しになっていて、そのままだと外から部屋の内部が見えてしまうのが時代を感じさせる。外からの視線への対処は世帯ごとにいろいろで、内側に布を垂らしているところもあれば、ペンキで塗り潰しているところもあり、また事務所などでは気にせずそのままにしているところもあった。そして問題の405号室では、目隠しは貼りつけた紙だった。

ずいぶんカラフルで可愛らしい柄の紙だ。ヘビメタな恰好してるくせに、奴にはこういう趣味もあるのか？　いや待て、この柄には見覚えがあるぞ。いったいどこで見たんだっけ。首を傾《かし》げながらしばらくまじまじと眺めているうちに、ハタと思いあたった。そうだ。間違いない。江梨香さんがくれたエリカの花束を包んでいた紙だ！彼女が働いている花屋で使っている包装紙だろう。奴はこんなものまで手に入れていたのだ。そう考えてようやく腑に落ちた。

　表札にはやはり菱川とだけあって、下の名前は分からない。窓のサッシ部分はいちめん腐蝕《ふしよく》だらけだが、つい最近窓掃除したばかりらしく、水色の不透明なガラスがピカピカに磨かれていた。

　ふと思いついて、ドア窓をそのままにしている事務所の前に引き返した。なかの明かりは消えている。ワイヤーガラスを透かして見ると、闇《やみ》のなかに炊事場ふうの空間がかろうじて見て取れた。別の部屋へのドアや引き戸もいくつか見える。ただ、靴脱ぎ場らしいスペースも床の段差もないので、基本的に見える範囲は土足で歩きまわる仕様になっているのだろう。奴の部屋も同じ造りに違いない。奴が水仕事をしている光景は想像しにくいが、窓の様子からしても、意外にマメで綺《き》麗《れい》好きなのだろうか。

それ以上の成果は求められそうもないので、一階に戻った。そしてふと集合ポストに眼を戻し、そのすべてに数字錠のダイヤルがついているのを見たとき、ちょっと思いついたことがあったので、４０５のポストに近づいた。ダイヤル上部の小窓から8が見えている。僕はダイヤルをつまみ、手前に軽くひっぱりながらゆっくり右にまわしてみた。やがて小窓の中心に3が来たとき、カシャッと音がしてダイヤルごと引き蓋が開いた。

意外に知られていないような気がするのだが、この手の三回左右にダイヤルをまわして数字をあわせるタイプの数字錠は、一度数字をあわせて解錠したあと、少しでもダイヤルをまわして数字を変えれば、それでリセットされた状態になると思いこんでいる人が多いのではないだろうか。けれどもそれは誤解で、リセットされた状態に戻すためにはリセット音がするまでダイヤルを大きくまわす必要がある。少しダイヤルをまわしただけの状態では、二回数字をあわせたあとの状態がまだ保たれているので、再び三番目の数字に戻してやれば、またすぐに解錠されてしまうのだ。

つまり、奴もそういう誤解をしていた一人だったわけだ。僕はまわりに人の気配がないのを素早く再確認しつつ、ドキドキしながら開いたポストを覗きこんだ。あるある。けっこういっぱいはいっている。喜び勇んで取り出したが、見ていくとそのほとんどが広告や案内の投げこみビラで、ちゃんとした郵便物は残念ながら一つもなかった。道理でさっきマンションにはいるとき、ポストの確認をする気配もなかったわけだ。普段からほとんど郵便物が来ないのだろう。結局糠喜《ぬかよろこ》びだったか。胸のなかで舌打ちしながら紙ビラの束を戻そうとしたとき、ふとそのなかに水道の使用料通知が混じっているのに気づき、見ると菱川緑朗《ろくろう》という名前が明記されていた。フルネームさえ分かればしめたものだ。電話帳に載せていれば電話番号も調べられる。その気になれば氏素性や経歴、もっと様ざまな個人情報も。通知には住所も書かれていたので、面倒を省くために拝借することにした。

今回も大漁だ。僕は意気揚々とマンションを出た。ただ、この先どうするかはやっぱりまだ分からない。頭をその問題に戻すと、陰鬱な気分が再びひたひたと這い寄ってきた。

奴のストーカー行為をやめさせる。奴をそういう行動が取れない状態にする。奴の自由な行動能力を奪う。奴をそれどころじゃない状態にする。奴に解決できない問題を抱えさせる。奴を実質上の監禁状態に置く。奴を植物人間にする。奴の息の根を止める。……

いくら考えても結局はそこへ行き着いてしまう。本当にそんな極端な解決策しかないのか？ だけど江梨香さんの心の平安を完全に取り戻すことを考えれば、やっぱりそれがいちばん単純で、しかも結果が間違いない方法だ。いやいや、焦るな。奴のことを詳しく知ればもっといい方法が見つかる可能性もある。例えば奴には大きな弱点があるかも知れないし、奴が絶対逆らえない立場の人物でもいるなら、そちらからやめるように手をまわしてもらえるかも知れない。とにかく敵を知れば百戦危うからずだ。とりあえずそう結論を出して少し気が楽になった僕は、たまたま同じ最寄駅の圏内だったので、早速天野先生のところに立ち寄ることにした。

「やあやあ、久しぶりだね。まあ、はいってはいって」

たまたま患者さんの途切れた時間だったのか、それともその日の診察はもう終了だったのか、天野先生は僕の顔を見るなり、手招きしてカウンセリング・ルームに呼び入れた。

「で、今日はどんな相談かな」

「ええ。それがちょっと一大事で——」

僕は紗季がいきなり結婚を言い出したことを報告した。ひとまずそのことしか口に出すつもりはなかったが、僕の様子から敏感に察知したのだろう、その前後のなりゆきをあれこれ説明させられているあいだに、江梨香さんのことも喋《しゃべ》らざるを得ない流れになった。そうなるともう天野先生の巧みな追及から逃れる術《すべ》はない。菱川禄朗のことから、不法侵入して仕掛けた薬のこと、ついさっきの出来事まで、小一時間ほどかけて結局洗いざらいを打ち明けた。

「なるほど。そして君はその男を殺すかどうかで悩んでいるんだね」

そこまでの気持ちは口にしなかったのに、天野先生はズバリと切りこんだ。僕がアタフタと返す言葉を捜していると、

「ともあれ、まず当面の問題に戻ろうか。確かにいきなり切り出されたほうとしてはびっくりするのも無理はないけど、紗季ちゃんもそれ相応の齢になったということなんだから、基本的には彼女の選択なり決定なりを尊重してあげていいんじゃないかな。だいいち、あの頃から考えれば、結婚なんてことに向きあえるようになったというだけでも大進歩じゃないか」

「それはそうですけど、でも、だからこそ心配なんですよ。ちょっと前まであんなに具合悪かったのに、調子よくなったからってすっかり浮かれて、イケイケ気分になっ

てるだけじゃないかって」

「だけど、それはお相手がどういう人物かによることだよね。実際に会ってこいつはいくら何でもというならともかく、あまり先まわりして心配するのもねえ」

「結局、まず相手に会ってみろってことですか」

「あれこれヤキモキ考えるよりはね」

「冗談じゃない。何で僕がそんなオヤジと。……ああもう、気が重いなあ」

僕は頭を抱えた。

「では、次の問題に移ろうか。忠告しておくが、人を殺しちゃ駄目だよ。これが僕の言えるすべて——ザッツ・オールだ」

「そんなこと、しませんよ」

不《ふ》貞《て》腐《くさ》れた言い方をすると、

「どうかな。既に君は薬のすり替えを実行している。それで本当に人の生命を危機に陥《おとしい》れられるかどうかは不明にしても、そのとき君に明確な殺意があったのは確かだろう。この先も状況次第ではフラフラと誘惑に乗りかねない。いや、別に君に限ったことじゃないよ。人間なんて誰でもそんなものだからね」

そう言われて、ある意味ほっとする部分もあったが、

「けど、それだけじゃ解決にならないじゃないですか。実際問題、どうすればいいんですか」

「そう言われても、これは医者や学者でなくて、警察や探偵の守備範囲だからね」

「でも、少なくともストーカーは犯罪心理学の対象でしょう。そのへんから、何かいいアドバイスはないですか」

「確かにストーカーは重要な研究対象だし、いろんな分類も試みられているね。あくまで僕流にざっくり分ければ、とにかく相手への恋愛感情や憎悪が強すぎて歯止めのきかないタイプ、相手から嫌われることに過剰に反応してしまうタイプ、相手に愛されているとか被害を受けているとかいう強固な妄想が根底にあるタイプの三つが大きな柱かな。実際はそれらが様ざまに混在しているんだろうけどね。説得や威嚇《いかく》でやむ程度ならまだいいけど、法的処置さえ効き目がないレベルともなると、根本的な解決のためにはその人物に治療を施すしかない。しかし、ただでさえ妄想を妄想と本人に自覚させるのは大変なことだし、人格障害の治療というのはそれ以上に困難だ。まして、強制的に入院させ得るならともかく、治療には本人の同意や協力が必要だからね」

「結局、タチの悪いのに取り憑《つ》かれたらおしまいってことじゃないですか」

「まあ、そこまでタチが悪いのは滅多にいないだろうが」

あくまで快活な笑みを絶やさない天野先生だったが、ふとそこで真面目《まじめ》な表情になって、

「しかし、いちおうそんな場合のことも考えておくべきだろうな。そこで忠告その二だ。このケースでいちばん危害を受ける心配があるのは、恐らく紗季ちゃんだというのは頭に入れておいたほうがいいね。僕も力を貸せればいいんだが、残念ながら明日からしばらく身動きが取れないものだから」

紗季のことまで調べあげているのだから、確かにその可能性は高いだろう。僕はそのことを改めて肝に銘じつつ、

「どうせここまで喋ったんだから訊《き》いちゃいますけど、僕と江梨香さんとの関係はどれくらい見込みがあるでしょうか」

思いきって最大の懸案事項をぶつけると、途端に天野先生は困った顔で頭を掻《か》きながら、

「僕は精神的な事象のなかでも恋愛というジャンルがいちばん苦手でね。それなのに、ここにも恋愛カウンセラーのような感覚で来る人が多くて困るんだよ」

「天野先生にも分からない？」

「僕だからこそだよ。まわりの恋愛マスターにでも訊くほうがよっぽど参考になるんじゃないかな。どうやら僕は根っからの野暮天らしい。実際、そのせいでそっち方面では失敗ばかりだ」

けっこうな男前なのに、本当だろうか。それより僕は、ストレートにあまり見込みがないとは言いにくいだけじゃないかという気がした。

アパートに戻ったあと、ネットで菱川禄朗の名前を検索してみたが、残念ながらヒットしなかった。ただ、電話帳にはその名前があった。住所もあっている。これで電話番号まで手にはいったわけだ。素人探偵にしてはたいした進展ではないだろうか。自分で自分を褒めてやりたい。とはいえ、冷静になって考えてみると、これまでに入手できたのはある人物にとってのほんの基本情報だ。その肉付けというのか、人物像を浮かびあがらせるためには経歴や周囲の評判を調べる必要がある。そうなるとプロの探偵でも雇わなければなかなか難しいだろう。結局、一転して行き詰まりか？　気がつくと溜息を洩《も》らしている自分がいた。

そんなところに紗季から電話がかかってきた。用事はもうすんだ？　妹のお願いを冷たく断るような用事っていったい何だったの？　その声の様子じゃ江梨香さんと会ってたわけでもないんでしょ。それとも見込みがないのがはっきりした？　まあそんなことはどうでもいいけど、今度こそ頼みを聞いてくれるよね。紗季はそんな文句を早口に、皮肉たっぷりに並べたてた。

「分かったよ。明日か？」

「しばらく忙しくなるんだって。だから今日がちょうどチャンスだったのに。日が決まったらまた連絡するから、そのときは絶対来てよね」

「そんなこと言ったって、こっちにも都合が」

紗季はおかまいなしに電話を切った。おかげでストーカーのことも話せずじまいだ。現段階では無用な心配をかけるだけかも知れないから、まあいいか。どのみち本当に紗季に手出しをするとしても、それは僕に脅しをかけてきたあとのことだろうし。そう考えてやり過ごしたが、何かしっくりしない気分が胸の片隅に残った。

5

そのしっくりしない気分が何だったのか、翌日の仕事中——というより、喫煙室で一服しながら昨日のことをぼんやり思い返しているときに謎《なぞ》が解けた。

紗季の話では、お相手のオッサンは今日から忙しくなるということだった。そしてその言葉が出たとき、一瞬、同じようなことをどこかで聞いたような気がしたのだ。いったんそのことを思い出すと、それほど頭をひねらないでも分かった。天野先生だ。先生も今日からしばらく身動きが取れないと言っていた。

もちろんただそれだけのことに過ぎないので、ひとまず思い出せたことに満足して、それきりそのことをやり過ごそうとした。けれども次の瞬間、ひとつの疑惑が電撃のように僕の頭に閃《ひらめ》いた。

もしかして、紗季のお相手というのは天野先生じゃないのか？

すぐにそんな馬鹿《ばか》なという想《おも》いも押し被《かぶ》さったが、考えれば考えるほどそれを否定する理由は見つからなかった。お兄さん的な存在としてつきあいが続いていると言ったが、治療を受けていた本人だけに、会っている回数は僕より紗季のほうが多いだろう。またそれだけ信頼も大きいはずだ。そもそも江梨香さんから聞いた、かなり年上で、普通の勤め人ぽくない感じという点も符合する。それに僕自身も以前から、きっと紗季のやつ、天野先生に憧《あこが》れの気持ちを抱いているに違いないと睨《にら》んでいたのだから。

しかし、それならどうして紗季は名前を出さなかったのか。天野先生にしたってそうだ。なぜ、それは僕のことだよと打ち明けなかったのか。

けど、よくよく考えてみると、天野先生としては、紗季が名前を出していないのだから、自分からは言い出しにくかったのかも知れない。患者に手を出した、それもまだ高校生に、おまけに結婚すれば年下の僕がお兄さんということになる、なんていう意識も言い出しにくさに輪をかけただろう。

だとすれば、結局は紗季だ。あいつの性格からして、ドッキリ——もうちょい上等な言い方をすればサプライズのつもりだったのではないだろうか。正体を明かさないまま対面させて、僕の仰天ぶりを愉《たの》しむ魂胆というわけだ。毎度のことながら、やってくれるじゃないか。きっきっき、というそのときの笑い声まで耳に聞こえるような気がして、僕は首を振ってそれを追い払った。

　もっとも、この想像が本当にあたっているのかどうかは分からない。ただ、僕としても、どこの馬の骨か分からないオッサンよりは、天野先生であってくれればどんなにいいか。とにかく、あたっていた場合はこれでもう驚かずにすむ。どんとこいだ。

　その夜、江梨香さんと電話で喋ったとき、僕はこの話を披露した。単純に興味を惹《ひ》く話題だと思ったし、自分の発見をちょっぴり自慢もしたかったのだ。江梨香さんは紗季が結婚したいと言い出したことにまず驚き、以前天野先生に診てもらっていたことに「そうなの」と声を落とし、その天野先生が相手ではないかという段になると、何とも判断しかねるふうにたびたび相槌《あいづち》も途切れた。

全部を聞き終わった江梨香さんはしばらく考えこむように黙っていたが、やがて躇《ためら》いがちに、

「それ、もし思いこみなら慌《あわ》てることになるから、ちゃんと確かめておいたほうがいいんじゃない？」

そんな助言をしてくれた。

「有難う。まあ、どちらにしても心構えはできてるけどね」

「そう？ それならいいんだけど」

問題はそんなことよりあの男だ。江梨香さんはこのまま永遠にあの男のことを打ち明けてはくれないのだろうか。奴も僕に脅しをかけるつもりなら、グズグズしないでさっさと実行すればいいのに。それとも初めは僕のことを警戒していたものの、こいつは気にするような存在じゃないと見切ったのか。それならそれで、少なくとも紗季に危害が及ぶ心配はなくなるにしても、僕としてはいささか淋《さび》しいものがあるのだが——。

とにかく江梨香さんが教えてくれないのなら、こっちから糸口を捜すほかない。大

きな問題は、あの男が元彼の類《たぐ》いか、それとも全く無関係な他人に過ぎないかだ。これまでもあれこれ彼女の日常や過去の出来事を尋ねて、どこかにそのヒントでもないかと手探りを続けてはいたが、こうなればもう少し踏みこんだ質問をしてみなければ。そんな想いから口にしたのは、「江梨香さんにも悩みなんてあるの」という問いかけだった。

「そりゃあ悩みがない人間なんていないんじゃない？」

「へえ。よかったら教えてくれないかな。もし僕にできることなら何でも協力するから」

「有難う。でも、それは内緒」

「そんなふうに言われると淋しいなあ」

「だって、友達でもどうにもできないことってあるでしょ」

友達。——その言葉が僕には応《こた》えた。

「そんなことより、やっぱり紗季さんのことが気になるわ。私からちょっと電話してみようかな」

「え？　でも」

「前にあったときにケータイの番号交換したの。あれから一度、紗季さんからかけてきたこともあるし」

ちょっと待った。僕もまだ自宅の電話番号しか教えてもらってないのに？　女どうしは気安くていいよな。けど、紗季が江梨香さんに何の話を？　そういえば、江梨香さんが問題を抱えていると真っ先に見抜いたのは紗季だった。好奇心旺盛《おうせい》なあいつのことだ。あいつはあいつでそれが何か探りを入れようとしたんじゃないのか。そして恐ろしい勘の良さを発揮して、もしかしたらそれがストーカーだと気づいたかも知れない。

　ひょっとして、そのあとストーカーが誰かもつきとめたなんてことは？

いや、まさか。それはいくら何でも考え過ぎだよな。きっとあいつはここ最近、自分の結婚話のことしか眼中にないだろうし。

けれども江梨香さんとの電話のあと、紗季のつきあっているオッサンが天野先生ではないかと思ったきっかけが、しばらく忙しくなるという共通点だったことを思い出した。その期間、お相手にかまってもらえない紗季は暇を持てあますことになるわけだ。そしてその暇潰《つぶ》しをストーカー捜しに振り向けたりはしないだろうか？

　頼むから余計なちょっかいは出さないでくれよ。何しろむこうは紗季のことを知っているのだ。それが逆に自分を調べていると気づかれでもしたら、わざわざ寝た子を起こすどころの話ではなくなってしまうだろう。そんな祈るような気持ちだったが、そもそもとんでもない気のまわし過ぎかも知れないし、江梨香さんも電話するということだったので、僕から連絡を取る気にはやっぱりなれなかった。

翌日、翌々日と江梨香さんからの結果報告がいっこうに来ないので、痺《しび》れを切らした恰好《かっこう》でこちらから自宅に電話した。けれども出ない。その日のうちに二度かけなおしたが、虚《むな》しくコール音が鳴るばかりだった。

次の日、会社への行き帰りに花屋を覗いてみたが、江梨香さんの姿は見あたらなかった。そういえば、ここ三日ほどそうだったのだが、もともと店の前を通って彼女の姿を眼にすることができるのは三割くらいの確率なので、別に不審には思わなかったのだ。僕は悪い予感に駆られ、店内にまではいってみたが、やっぱり江梨香さんはいない。店主に尋ねてみると、一昨日から休んでいると告げられた。

急いでアパートに戻り、電話をかけてみたが、やっぱり出ない。僕は心臓がどきどきと音をたてて高鳴るのを感じた。ちょっと旅行にでも出かけているのだろうか。それとも田舎に帰っているとか？　それならいいのだが、もしも何かあったとしたらどうしよう。そう考えると胸がぎゅっと縮んで、息が詰まりそうだった。

どうしよう。どうすればいいのだろう。じっとしていられずにしばらくグルグル部屋を歩きまわっているうちに、ハタと思いあたって紗季のケータイに電話をかけた。

「どうしたの。兄貴から電話してくるなんて珍しいじゃん。三者面談が待ちきれなくなった？」

「バカ言え。江梨香さんから電話があったか？」

「江梨香さん？　あったよ」

「それは一昨昨日《さきおととい》？」

「そう。あのこと言った次の日の夜。兄貴も口が軽いよね。おめでとうって言われちゃった」

「お前、番号交換してたんだって？　彼女のケータイ番号、教えてくれないか」

紗季は大袈裟《おおげさ》にびっくりした声で、

「まだ聞いてなかったの？　ヤレヤレ、それじゃやっぱり脈なしだな」

「余計なことはいい。早く！」

僕の剣幕に異変を察したらしく、素直に番号を教えてくれたあと、

「何かあったの？」

「一昨日から連絡が取れないんだ。部屋に電話しても出なくて。お前もストーカーの

ことは気づいてるんじゃないのか？」

「ストーカー？　何のこと？」

　では、気づいていなかったんだ。

「彼女はストーカーにつきまとわれているんだよ。たまたまそのことを知って。だから心配なんだ。何かされてやしないかと」

「江梨香さんにストーカーが？　ふうん」

　紗季は怪訝《けげん》そうな声で、

「でも、江梨香さん、無事なんじゃないかな。お祝いの花まで贈ってくれたんだよ。さっき届いたんだ。バイク便で」

「バイク便？　それじゃ、ちょっと前に送ったってことか。……でも、店は休んでるのに？　自分が働いているあの花屋から送ったんじゃないのか？」

　そして僕は念のために、

「それ、送り主は本当に江梨香さん？」

「ええっと。ちょっと待って。……ああ、あったあった。……あれ、おかしいなあ。送り主の名前がない。『おめでとうございます』ってカードが挿《はさ》まれていたから、てっきり江梨香さんだと思ったんだけど」

「どんな花？」

「薔薇《ばら》よ。黒い薔薇」

僕の心臓がひときわ大きくドクンと音をたてた。ずっと以前に観《み》たサスペンス・ドラマに黒薔薇の花言葉が使われていたからだ。ほかの花言葉なんてひとつも知らないが、それだけは印象的だったのでしっかり記憶に残っている。

『死んでも消えない憎悪』

奴が牙《きば》を剝《む》こうとしているのだ。やっぱり奴は僕に憎しみを抱き、その矛先を妹に向けようとしているのだ。とすれば、江梨香さんもやっぱり危ない！

「お前、そのまま家でじっとしてろ。玄関に鍵《かぎ》をかけて、誰も入れるな」

「はあ？　どういうこと？」

「詳しいことを説明している暇はないが、お前も狙《ねら》われてるんだ」

「そんなこと言ったって、これから彼と会う約束だもん」

「会う？　忙しいんじゃなかったのか」

「いくら何でも、ずーっと不眠不休ってわけじゃないし。そんなことしてたら死んじゃうし。食事して、ちょっと彼の家にも寄って。それでせめて疲れを癒《いや》してあげなきゃ。行くからね、絶対」

「困った不良娘だな。じゃ、いっそのこと泊まりこんじゃえ」
「お。朝帰り推奨？」
「緊急事態だ。とにかく行き帰りにはくれぐれも注意しろよ」
「分かった分かった」

電話を切り、すぐに教えられた番号をプッシュした。けれどもやっぱり出ない。電源がはいっていないわけではなさそうだが、コール音が虚しく繰り返されるばかりだ。やっぱり普通じゃない。どうにかしなければ。僕は居ても立ってもいられずにアパートをとび出した。

こんなときに車も免許もない身が悔しい。僕はタクシーを捕まえて江梨香さんの団地に直行した。エレベーターで四階にあがり、三輪という表札のかかった部屋の前へ。チャイムを鳴らしたがいつまで待っても反応はない。二度、三度と繰り返したがやっぱり同じだ。念のためにドアノブにも手をかけたが、鍵がかかっている。ドアのすぐそばに電気のメーターがあったのでじっと見ると、円盤のひどくのろのろした回転具合から、冷蔵庫くらいしか使われていないだろうと見当がついた。まだ七時過ぎ。チャイムでも醒《さ》めないほど眠りこける時間ではない。つまり、不在か、それとも——。

僕の危機感は頂点に達した。急いで一階に取って返し、エントランス脇《わき》の管理人室に駆けこんだ。僕は405号室の三輪江梨香の友人だ。ストーカーにつきまとわれているというので心配していたが、ここ何日か仕事も休んでるし、連絡も取れないでいる。何かあったらいけないので、立ち会いのもとでいいから部屋を見せてほしい。そう頼みこんだ。

慎重すぎる管理人さんでなくてよかった。それはいかんとすぐに腰をあげ、いっしょに部屋に行って、合鍵でドアをあけてくれた。

これが江梨香さんの住まいかと感慨に耽《ふけ》っている暇はない。名前を呼びかけ、順々に電灯をつけながら、通路からダイニングキッチン、そして奥の和室へと踏みこんでいった。どこもきちんと片づいている。ほかに部屋はない。通路に戻って洗面所やトイレも覗いてみた。ダイニングキッチンにあるベランダも。和室に戻って押入れやクローゼットのなかも――。

「どこにも三輪さんはいませんね」

「ちょっと確かめさせてください」

僕は和室の低いテーブルに置かれたパソコンの電源を入れた。何か江梨香さんの居場所のヒントはないかと、藁《わら》にも縋《すが》る気持ちだった。

そのときケータイが鳴りだした。慌てて取り出すと、紗季からのメールだ。開いてみれば、『彼だよ』というタイトル。写メも添付されているようだ。ヤレヤレ、呑気《のんき》なメールを送ってきやがって。無事さえ分かればそれでいいのに。それでも本文だけでもと思って眼を通したところ、『無事、彼んちに着いたトコ　仕事でちょっとくたびれてるけど、これが彼　カメラマンのくせに、自分が撮《うつ》されるときはシャイになるみたい』とあった。

　カメラマン？　天野先生じゃなかったのか。その興味で引き続き画面をスクロールさせると、知らない部屋のなかで、こっちに向かって思いっきりデレデレの笑顔を送る紗季と、腕組みされて不貞腐れるように顔を背けた男が映っていた。

　僕は愕然《がくぜん》とした。後ろを縛ってシッポにした長髪。黒いTシャツの上からでも筋肉の充実ぶりが見て取れるごつい体。隠すように顔にあてた手に輝く髑髏《どくろ》の指環《ゆびわ》。――奴だ！　間違いない。江梨香さんにつきまとっているストーカー男。菱川禄朗！

　紗季のお相手が菱川？　何だこれは。いったい何がどうなってるんだ。僕は訳が分からなかった。人間、あまりにも訳が分からない事態にぶつかると思考が停止してしまうものらしい。僕はそのまましばらく腑《ふ》抜《ぬ》けた人形のように立ちつくしていたと思う。

「どうしたんですか」

心配そうな管理人さんの声に、僕はようやくハッと我に還《かえ》った。全身がずーんと激しい冷気に押し包まれたのはそのあとだった。

そうだ。これが奴のやり口だ。奴の頭には僕を脅して遠ざけようなんて発想は初めからなかった。奴はいきなり僕への報復を考えたのだ。そのために紗季のことを調べあげ、じかに接触し、親密な関係になろうとした。紗季さえしっかりしていれば躱《かわ》せていただろうに、何が男を見る眼が百倍あるだ、まんまと狙いに嵌まってメロメロじゃないか！

しかも奴がただ単に妹をモノにするだけで――陰から僕を嘲笑《あざわら》うだけで満足するとは思えない。そうだ。そんな程度では『死んでも消えない憎悪』という言葉につりあわない。こんな陰湿でまわりくどいやり口を選んだのは、もっと恐ろしいことを考えてるからじゃないのか？

そうだ。カメラマンだって？ 写真家じゃない。奴の職場はＡＶの制作会社だ。奴はＡＶ撮影のカメラマンなんだ。そんな奴が紗季にかける最悪の毒牙《どくが》は――。

僕は震えた。思い浮かべたくもない想像が次々ストロボのように折り重なった。紗季は今まさにそんな悪魔の手のなかにいるのだ。どうせなら泊まってこいなんて言ってしまったことを死ぬほど悔やんだ。慌てて紗季のケータイに電話しようとしたが、いや待てという想いが寸前に指を押し留めた。あいつのことだ。こんな込み入った事情をすんなり呑《の》みこんで、はいそうですかと従うと思うか？　そんなバカなとはねつけるに決まってる。結果、事態はもっと悪くなるかも知れない。ああ、どうすればいいんだ。何も言わずに直接乗りこむか。有無を言わさず紗季を連れ戻す？　そんなことができるはずもないのに？　それでも行かなきゃ。ああ、だけど、せめてその前に何かできることはないのだろうか。紗季を奴から引き離すためには。そうだ。親が事故に遭ったからすぐ帰れとでも言って。いや、ダメだ。あいつは帰るより前に親に電話をかけて、事情を確かめるに決まってる。何かもっとうまい口実は——。そこでふと、菱川の電話番号をケータイに登録していたことを思い出した。

　これは使えないだろうか。紗季ではなく、あの男に電話をかけて、二人を引き離させるような口実は？　咄嗟《とっさ》にひとつ思い浮かんだが、事態は一刻の猶予《ゆうよ》もない。もっとほかにいい口実がないか検討する暇もなく、僕はその番号をプッシュした。

　コール音が三回も鳴らないうちに「はい」と男が出た。初めて聞く奴の声。太い、ぞんざいな感じの声だった。

「もしもし。菱川緑朗さんでしょうか」

「そうですが」

「大槻《おおつき》市民病院の者ですが」と、僕は通っていた高校のそばにあった病院の名前を出した。そこまでは奴のマンションから車でも電車でも三十分以上かかる。

「病院？」

「ええ。こちらに女性のご遺体が運ばれてきたのですが、身元を確認できるものが何もなくて、唯一《ゆいいつ》、手帳のなかにあなたのお名前と電話番号だけがメモされていたんです。大変申し訳ないですが、こちらに来て戴《いただ》いて、ご確認願えないでしょうか」

「確認って……今すぐですか」

「申し訳ありません。早ければ早いほど有難いのですが」

奴はちょっと考えて、

「齢《とし》とか、顔立ちとかはどんなですか」

「二十代でしょうか。少々損傷が激しいのですが、割合お綺麗な顔立ちかと」

「……分かりました。すぐ出ます」

しめた、と思った。奴さえいなければ、そのあいだに何とか紗季を連れ戻せるだろう。こんなに口から出まかせが言えるなんて、自分でも信じられないくらいだ。すぐに行かなきゃ。勢いこんでパタンとケータイを閉じると、それを待ち侘《わ》びたように管理人さんが、「どうなってるんですか」と首をのばした。

「すみません。詳しく説明している暇が――」

そう言いかけたとき、僕の視界の端で何かが眼を惹いた。そちらに視線を移した瞬間、僕は全身の血が凍りつくかと思った。さっき立ちあげた江梨香さんのパソコン。その画面いっぱいに映っていたのは奴の――菱川禄朗の顔写真だった。それも、何十という数の。サイズもまちまちだ。様ざまな背景や角度で撮られた菱川の写真がぎっしりと画面を埋めつくしていた。

それが江梨香さんのパソコンの壁紙だった。

なぜ？　どうして江梨香さんが？　その疑問だけがぐるぐると頭を巡って、何も考えられなかった。いや、頭がその解答を拒否していたのかも知れない。管理人さんに「どうしたんですか」とますます不審さ剝き出しの声で尋ねられたが、それに答えることもできなかった。

ふと気づくと、画面の左端に並んだデスクトップ・アイコンのなかに「鳥籠《とりかご》」という変わった名称のフォルダがあった。僕はそこをクリックしてみた。ソフトが立ちあがり、画面いっぱいにとある部屋の風景が映し出された。あまりこぎれいとは言えない洋間だ。一方の壁の斜め上――恐らく二メートルほどの位置から撮影されている。

中央に古いテーブルがあり、まわりには背の高いスチール棚が並んで、本や書類や機材らしいものが雑然と詰めこまれている。そしてテーブルのむこうに映っている二人は紗季と菱川だ！　二人とも靴を履いたままで、菱川は出かける準備をしているらしく、右に左に遽《あわただ》しそうだった。

盗撮映像だ。しかもライブの。これは菱川の部屋なのだ！　それを悟って、僕は大鐘を撞《つ》いた余韻のようなわんわんという耳鳴りを聞いたような気がした。

そして僕は事のありように気づかされた。信じられないが、認めざるを得なかった。逆だ。そう、何もかも逆だったのだ。菱川が江梨香さんをストーキングしていたのではない。江梨香さんが菱川のストーカーだったのだ。菱川の部屋に盗撮カメラまで仕掛けて——。

思い返せば、そもそもの発端だった団地のあの出来事も、菱川はストーキングをやめるよう説得に来ていたのだろう。だからあの「永遠に離れない」という書きつけも、きっと江梨香さんが送ったものなのだ。

紗季に黒薔薇を贈ったのも——。

そうだ。では、紗季と菱川の関係は？　菱川が僕という存在を中継して紗季に近づいたのでないなら、二人の関係はもっとずっと前から続いていたと考えるのが自然だろう。そして江梨香さんが盗撮までして菱川の日常を監視していたなら、当然、紗季の存在も知っていたことになる。

そこで僕は恐ろしいことに思いあたった。江梨香さんは初めから紗季に報復するために——ただその目的のためだけに、紗季の兄である僕に近づいたんじゃないだろうか？

そうだ。考えたくはないが、今となってはそれ以外にない。江梨香さんには菱川以外の男は眼にはいらないのだし、余計なことに割く時間はないはずだから、そんな彼女が茶飲み友達程度にしろ、僕なんかとつきあおうとするわけがないのだ。

いや、待て。では、あれはどうだ。菱川の部屋のドア窓に貼《は》りつけてあったあの包装紙は？　あれは確かに江梨香さんの働いている花屋の包装紙だ。菱川がそんな紙を自分の部屋の目隠し用に使うはずがない。——けれどもその解答も今となってはすぐにピンときた。江梨香さんが持ってきてくれたエリカの花を紗季が花瓶に活《い》けたとき、あいつはその包装紙の柄が気に入って、折り目がつかないように丁寧に丸めて持ち帰ったのを思い出したからだ。あのドア窓の紙は、きっとあのときの包装紙なのだ。

結局、江梨香さんは初めから紗季が狙いだったのだ。

死んでも消えない憎悪をこめて——。

僕は盗撮画像に眼を凝らした。菱川は支度を終えたらしく、ひと息つくような様子で薄手のジャケットから何か取り出した。画質があまりよくないので初めはタバコかと思ったが、もっと小さなものだ。くるくると蓋《ふた》をまわすような仕種《しぐさ》から、壜《びん》だと分かった。僕はぞっとした。菱川はその壜を傾けてなかのものを掌《てのひら》の上にあけたかと思うと、あっというまもなくそれを口に放りこみ、コップの水とともにいっきに飲み干した。

まさか、今になって、あれは僕が薬を仕込んだあの小壜――？

菱川はじゃあというふうに手をあげながら手前に歩いていく。見送る紗季もあとに続き、二人は画面から消えた。もうまにあわない。これで紗季は一人になってしまう。僕がついた嘘《うそ》のせいで。いや、それよりもあの薬は――。

そのとき、僕はあることに気づいて心臓が縮みあがった。画面の左手奥に物置きらしいドアがある。そのドアがゆっくり開いているような気がしたのだ。そうだ。間違いない。ドアの隙間《すきま》の黒い縦線が徐々に太くなっている。ゆっくり、ゆっくり。その幅はもう何センチかになっている。そして隙間は上から下までただ真っ黒ではなく、人の背丈くらいのところだけがぼんやりと白くなっていた。そしてその仄白《ほのじろ》いなかに、やけにくっきりと浮かびあがっているのは人の眼だ！

氷よりも冷たい戦慄《せんりつ》が何度も背筋を走り抜けて止まらなかった。江梨香さんだ。そうだ。盗撮カメラまで仕掛けているのだから、当然江梨香さんは合鍵を持っているのだ。そしてここ何日か、この部屋に忍びこんで紗季への報復のチャンスを狙っていたのだろう。僕は震える手でケータイを再び取り出し、紗季の番号をプッシュした。

早く出ろ！　早く！――けれども返ってきたのは、電波微弱か電源オフのコールだった。あのヤロー、この部屋にいるときは誰にも邪魔されないように基本的に電源を切っているに違いない。もう彼は出ていったんだから、すぐに電源を入れろ！　それとも菱川の電話にかけなおすか？　慌ててパソコン画面に眼を走らせると、固定電話が置かれているのは洋間の右手にあるワゴンの上。物置きのほんのすぐそばだ。わざわざ紗季をあの場所に引き戻す？　しかしこのままだとどのみち同じことだ。何も伝えないままでいるよりは、せめて危機を報《しら》せて反撃の余地を与えるほうがいいんじゃないか。素早くそう考えて、僕は菱川の電話をプッシュしなおした。

画像に映る固定電話のランプが点滅をはじめた。隙間から覗《のぞ》く眼の視線が、一瞬そちらに動いたような気がする。

点滅が続く。画面の手前から紗季が戻ってきた！

　紗季が受話器を手に取る。

「もしもし。僕だ」

「兄貴ィ？　どうして？」と、素《す》っ頓狂《とんきょう》な声。

「説明はあとだ。いいか。すぐにその部屋を出ろ。振り返らずにすぐに逃げ出せ。外に逃げ出してからお前のケータイの電源を入れろ。真面目な話だ。頼むからすぐにその部屋を出ろ。すぐにだ！」

　そのあいだもドアの眼はじっと紗季を見据えている。

「ちょっ、ちょっと待ってよ。いきなりそんなこと言われても、訳が分かんないじゃん」

「説明してる暇はないんだ。頼む。何も聞かないですぐに逃げろ。お願いだから、今すぐ走って逃げてくれ！」

　紗季は答えなかった。それでもこちらの必死な様子は伝わったらしく、受話器を少しさげたまま凍りついている。バカバカ。固まってるんじゃない。逃げろ。早く逃げろ！　繰り返し叫ぶあいだにも、ドアの隙間は再びじりじりとひろがっていった。もうその顔も半分が見て取れる。やっぱり江梨香さんだ。けれども髪が逆立ち、冷たく強張《こわば》ったその表情は、普段の彼女からは想像もできないものだった。

やめろ。やめてくれ。江梨香さん。不意に僕の眼からぼろぼろと涙まで溢《あふ》れだした。

紗季は受話器をおろし、ゆっくり手前に歩きだした。本当は走り出したいのだが、どうしてもそうできないふうだった。

隙間がさらに大きくなる。江梨香さんの顔がもう全部見える。そしてその立ち姿も。ツナギの作業着のような灰色の服。手に提げているのは——大きな鉈《なた》だ。

その手をゆっくり前にあげる。九十度で止まらず、さらに高くあげる。大きく頭上まで振りあげながらドアの隙間から滑り出る。

紗季と江梨香さんとの間隔は一メートルもない。江梨香さんはぴったりその間隔を保ったままあとを追う。紗季は画面手前のぎりぎりまで来た。そこで江梨香さんの腕は頭上よりも後ろに振りかぶって止まり、勢いをつけて振りおろされた。

「紗季————!!」

画面から消え去る寸前、鉈が頭に喰いこみ、ガクンと首が折れた。舞いあがる血煙。倒れる紗季。再び鉈を振りあげた江梨香さんが折り重なるようにして画面から消えた。

僕は再び叫んだ。パソコンに齧《かじ》りつくようにして何度も泣き叫んだ。だけど誰もいなくなった画面には、いくら待ってももう何の変化も起こらなかった。

僕は振り返り、部屋をとび出そうとした。その瞬間——

「待ちたまえ」

力強い声とともに正面から両肩をガッシリとつかまれ、押し止められた。管理人さんではない？ 涙に霞《かす》んだ眼をきつくしばたたいて見なおすと、驚いたことに真向かいにいたのは天野先生だった。

何で？ さっきまでここにいたのは確かに管理人さんだったのに。いや、それよりもどうして天野先生がここに？ 立て続けの受け容《い》れ難い事態に茫然《ぼうぜん》と立ちすくんでいると、

「報復は成し遂げられた。ひとまずこれで満足だろう」

まるで宣告するように、僕のなかの深い深いところ——あまりにも深くて、もはや僕ではないところに呼びかけた。

満足？ 何を言ってるんだ？ こんなときに何でそんな言葉が？ だけど天野先生はそんな僕の想いを斟酌《しんしゃく》する気配もなく、

「だから、さあ、やりなおしだ」

僕をくるりと回れ右させ、ポンと両手で肩を突いた。

眼の前にあるのはパソコン画面だった。見ると、さっきの光景とは違っている。部屋の様子はほとんど同じだが、まだ紗季が受話器を持って佇《たたず》み、その背後でドアの隙

間がじりじりとひろがりつつあった。

録画再生に切り替わった？

もう江梨香さんの顔が半分見て取れる。髪が逆立ち、冷たく強張った表情。紗季がゆっくり受話器をおろすのも同じだ。やめてくれ。どうしてこんな映像を繰り返し僕に見せるんだ？

けれどもそこからが少し違っていた。紗季は歩きだしもせず、じっと画面右手前の方向に視線を注いでいる。そうするうちに隙間はさらに大きくなり、江梨香さんの顔が全部見えた。憎悪まみれの狂気に充《み》ちた表情。ツナギの作業着のような灰色の服。そして手に大きな鉈を提げているのはさっきと同じだった。

その手をゆっくり前にあげる。九十度で止まらず、さらに高くあげる。大きく頭上まで振りあげながらドアの隙間から滑り出る。——それなのに紗季はまだ動かない。斜め前方にじっと視線を据えたままだ。いや、右手が動いている。腰のベルトのあたりを素早くまさぐり、何かを手に取ったようだった。

二人の間隔は一メートルもない。江梨香さんの腕はまっすぐ頭上にさしあげられ、さらに少し後ろへ傾けたところでいったん止まると、勢いをつけて振りおろされた。一瞬、紗季の体が横に跳ねとんだ。鉈が凄《すさ》まじい勢いで空を切り、テーブルの端をかすめた瞬間、紗季が右手を相手に突き出したかと思うと、シュバッとガスのようなものがそこから噴き出した。

そのガスをまともに顔に浴びて、江梨香さんが髪を乱して絶叫するのが分かった。叫びながら鉈をビュンビュン振りまわしている。そこからも紗季は俊敏だった。デタラメに振りまわされる鉈を左右に体をひねってよけ、逆に相手の腕にとびついた。そこから恐ろしい揉《も》みあいがはじまった。一瞬たりとも力を緩められない、触れるだけで切れそうな刃物の奪いあいだ。そして二人がぐるぐると縺《もつ》れるように回転すると、もうどちらの手に鉈が握られているのか分からなくなった。やがて二人はそのまま折り重なり、倒れこむようにして画面から消えた。最後の瞬間、どちらかがもう片方の手から鉈をもぎ取ったように見えたが、それが本当のことかもよく分からなかった。

二秒とたたず、画面の手前から部屋の奥に向かって血飛沫《ちしぶき》がとんだ。そしてそれ以降はいくら待っても画面に変化は起こらなかった。

これは何だ？　録画画像なんかじゃない。さっき、天野先生はやりなおしと言った。いや、それよりも、結局どうなったんだ？　あの血飛沫からして、どちらかが相手に鉈を振るい、相当の深手を負わせたのは間違いない。いったいどっちが鉈を手にしたんだ？　やりなおしというからには紗季が？　それとも——。

僕は振り返った。そしてさらに激しい驚愕に打たれた。そこにいたのは天野先生ではなく、べったりと床に尻餅《しりもち》をついたまま、口をぱくぱくさせている管理人さんだったからだ。

僕は弾《はじ》けるように部屋を走り出た。急いで靴を履き、ドアを抜け、階段を駆けおり、そのまま団地をとび出した。大通りに出るとすぐにタクシーが通りかかったので、つかまえて菱川のマンションの住所を告げた。

しばらくしてから全身の震えが戻ってきた。もう何も考えられなかった。僕は冬山で遭難した登山客のように身を縮めて、止まらない震えを懸命に堪《こら》えていた。

菱川の部屋に鍵はかかっていなかった。土足のまま踏みこむと、通路の奥が血の海で、そのなかに倒れ伏した江梨香さんと、少し離れたところに座りこんだ紗季がいた。紗季は開いたケータイを膝《ひざ》の上に置き、泣きそうな顔でこちらを見ていた。

「彼が……死んだって」

そう呟《つぶや》いた顔がみるみる崩れた。僕の心臓はどきんと大きく高鳴った。

「どうして……？　どうしてこんなことになっちゃうの……？」

涙がぽろぽろとあふれ、顔じゅうに貼り着いた生乾きの血を濡《ぬ》らしていった。

「死んだって？　どうして」

　やっとのことでカラカラの咽《のど》を絞るように声を出すと、

「分かんない。急に倒れて……何かの発作を起こしたようになって……今、運びこまれた病院で死亡が確認されたって」

　そう答えて、紗季は顔を覆《おお》って泣き出した。

　僕のせいだ。僕が殺した。全身の血が足もとから抜け落ちていくようだった。

　そして紗季も。

　正当防衛とはいえ、紗季も人を殺してしまった。

　僕は紗季の愛する人を、紗季は僕の愛する人を殺してしまったのだ。

　何てことだ。

　何て――。

　だけど僕は自分のやったことは黙っていようと決めていた。卑怯《ひきょう》なのは分かっている。そうだ。卑怯だ。しかし、紗季をこれ以上悲しませることはできない。そんなことを明かす必要はどこにもない。僕が喋《しゃべ》らなければ誰にも分からないことなのだから。

　いや、僕が小壜に薬を仕込んだことを天野先生だけは知っている。そうだ。天野先生！　あの場所に現われたこと。そしてやりなおしという言葉。あれはいったい何だったのか。ひとときの幻覚？　立て続けのショックに、僕の頭がどうにかなっていた？　だとしたら、それでも、もうこれ以上のやりなおしはきかないのだろうか。

僕は血だらけで泣いている紗季のそばにしゃがみこみ、そっと頭を抱き寄せた。そして優しく頭を撫《な》でてやりながら、血の海に半分顔を浸した江梨香さんに眼をやった。江梨香さんはうっすら眼を見開いたままだったが、その表情からはもう煮え滾《たぎ》る憎悪も冷徹な狂気も見て取れない。むしろ、うっとりと夢見るような、穏やかな表情だった。

その表情を見ていると、僕も押し潰されそうな気持ちになった。あとで知ったことだが、エリカの花言葉には博愛・幸福な愛・柔軟・謙遜《けんそん》・休息などとともに、裏切り・孤独・不和という意味もあるという。そのことを知ったときもたまらない気持ちだった。

とにかく、警察に電話しなきゃ。そのことは頭では分かっている。でも、もう少しいいだろう。そう。もう少し。せめて紗季が泣き疲れて眠るまで。できればその眠りがいつまでも安らかに続くように——。

そしてひとときの煩《わずら》わしさから脱け出せたら、天野先生に会いにいこう。天野先生なら、きっとまた紗季を救ってくれる。助け出してくれる。紗季だけじゃなく、僕も。この血の池地獄から。

僕はいつか遠い昔にそうしたように泣きじゃくる紗季をあやしながら、ぼんやりとそんなことを考えていた。

零《れい》点《てん》透視の誘拐

すべては一本の電話からはじまった。

『娘を誘拐した。現金で三億円を用意しろ』

ボイスチェンジャーで変換された、非人間的な声だった。

電話を受けたのは芸能人・山路《やまじ》ふうまの付き人だった。静岡にある別宅でのことだ。山路ふうまの一人娘の静夏《しずか》は十歳。夏休みということで、母親の弥生《やよい》、付き人の兵頭《ひょうどう》さくらといっしょに静岡の別宅に来ていた。その三日目。静夏は別宅滞在中によく行く近所のアスレチック・パークで遊んでいるはずだった。

居間で花を活《い》けていた弥生は、さくらからの報《しら》せで半狂乱になった。さくらはすぐに東京のスタジオで番組収録直前だった山路ふうまに連絡を取り、彼の判断で警察への通報がなされた。それが夕方の五時十五分。静岡県警は直ちに誘拐事件の捜査陣を別宅に送りこみ、犯人からの第二、第三の連絡に向けて準備を整えた。また、アスレチック・パークやその周辺にも捜査員が散ったが、犯人に関する有力な情報どころか、静夏の姿を目撃している人物さえ見つからなかった。

山路がマネージャーの運転する車で別宅に駆けつけたのは七時前のことだった。

「三億だと。ふざけやがって！」

山路は床を蹴《け》りつけながら毒づいた。とはいえ、彼にとっては用意できないような額ではない。手持ちの現金を掻《か》き集めただけでも八千万ほどあり、あとは預金で充分に何とかなる。現在五十五歳。お笑い芸人としての人気を長年維持し続け、今も冠《かんむり》番組を三本持ち、すっかり大御所の地位を確立しているのだ。

現場で指揮を執っているのは坂口という名の刑事だった。その坂口がさくらに尋ねた。

「犯人は警察に通報するなとは言わなかったんですね」

「ええ。そのことは言いませんでした」

「どうせ言っても無駄だと織り込み済みなんですかね。大胆な奴《やつ》だな」

部下の言葉に、坂口も口を曲げながら頷《うなず》いた。そこで山路が、

「犯人から電話がかかってきたら、なるべく時間を引きのばしたほうがいいんでしょう」

覚悟を決めるようにして尋ねたが、

「逆探知にかかる時間のことですね。以前は電話交換機がアナログ式でしたので、チェックするのに確かにかなり時間がかかりました。ですが、今はすべてがデジタル化されているので、発信元は一瞬で分かります。ただし、携帯電話の場合、分かるのは基地局までですが。そういうことですので、ドラマのように逆探知のための時間かせぎは必要ありません」

「そうですか」

山路は少し安堵《あんど》したが、その様子を肩透かしと受け取ったのか、

「もっとも、やりとりが長ければ長いほどいろいろと情報も多くなりますので、それはそれで捜査の手助けになるのは確かです。まず、静夏さんの安否確認を求めてください。声を聞かせてくれ、で結構です。とにかく、あまり犯人を刺激しないように」

坂口はすぐにそう言い添えた。

そこからは重苦しい、寸刻みで身を切られるような時間がじりじりと流れていった。弥生はともすれば堰《せき》を切ったように泣きだし、そのたびにさくらが懸命に宥《なだ》めた。山路は髪をクシャクシャに掻きまわしたり、しきりに自分の膝《ひざ》を叩《たた》いたり、かと思うとぐるぐると部屋を歩きまわったりを繰り返した。

夜の九時過ぎに電話が鳴り、応接室全体に緊張が走った。

『三億は用意できたか』

非人間的な、気味悪い声。

「明日には用意できる。それより、静夏は無事か。声を聞かせてくれ！」

『現金はすべて古い札にしろ。では明日、昼前にまた連絡する』

犯人は山路の懇願に取りあわず、無慈悲に電話を切った。

「携帯電話ですね。基地局はここのエリアと同じだそうです」

ややあって、捜査員の一人が電話局からの連絡を淡々とした声で報告した。

そこで弥生が緊張に耐えきれなくなったようにぐったりと崩れ、さくらの手を借りて別室で横になった。

「山場は明日だ」

坂口が重々しい声で捜査陣に言い渡した。

ともあれ犯人が昼前に電話すると予告したことで、家族も捜査陣も絶えず緊張を途切れさせずにいなければならない状況からは解放された。しかし結局、山路夫妻はほとんど一睡もできずに夜を過ごしたようで、マネージャーの大島《おおしま》志《し》郎《ろう》も明け方近くまで眠れない山路につきあっていた。

因《ちな》みに、山路には軍団と呼ばれる多数の弟子がいる。しかし今回の事件のことは付き人のさくらとマネージャーの大島以外、側近の弟子にも伝えずにすませたので、いっさい外部に情報は洩《も》れなかった。

翌朝、初めは眠い眼をこすりこすり、さくらの淹《い》れたコーヒーを啜《すす》ったりしていた捜査陣のあいだにも、九時をまわる頃から次第に緊張の色が濃くなっていった。そして十時過ぎに銀行から不足分の現金が届くと、空気はいっきにピンと張りつめた。

もしも身代金を奪われたときのために、札に特殊な染料を塗布する作業が進められた。それが終わると、現金はあらかじめ小型発信器を仕込んだ二つのスーツケースに詰めこまれた。また、運搬役に女性を指定してきたケースに備え、女性捜査員にあれこれ対応を確認するなど、万全の準備を整える様子を、それどころでない山路夫妻とは違って、さくらは興味津々《しんしん》の眼で眺めていた。

電話がかかったのは十一時過ぎだった。坂口の頷きに、山路が受話器を取る。

『現金は揃《そろ》ったか』

「ああ。揃った。その前に娘の声を聞かせてくれ！」

『では、その現金を車に乗せろ。運ぶのは兵頭さくら、一人だ』

「さくらに？　しかし、彼女は——」

『いいか。彼女にこう伝えろ。まず、美浜《みはま》植物公園の駐車場に行け。駐車場の西側にベンチがある。そのベンチの座席の下を見ろ』

電話はそこで切れた。一貫して、有無を言わせぬ指示の仕方だった。

自分が名指しで指定されたことに、さくらは驚き、立ちすくんだ。

「犯人はさくらさんがこの場にいることも承知していたんでしょう」

「こうなると、代役を立てるわけにはいきませんね」

「してやられたな」

「さくらさんは、車の運転は？」

「は、はい。できます。奥さんと静夏ちゃんも、私の運転でここに来て――」

「それもむこうは分かっていたわけだ」

「申し訳ないですが、今は犯人の指示に従うほかありません。行って戴《いただ》けますか」

山路も縋《すが》るような眼を向けてきたが、さくらはそれより前に腹を決めていた。女一匹、こうなったら行くっきゃない。いや、静夏ちゃんのためなら喜んで行こう。力強く「はい」と頷くと、弥生が有難うと泣きながら手に額をすりつけた。

さくらは上にジャケットを着るように言われ、女性捜査員が身につけていたトランシーバーを胸の内ポケットに、そしてピンマイクとイヤフォンも目立たぬように装着された。

「これでいつでも我々と交信できます。むこうから何か指示があれば、その都度我々に報せてください」

庭先には山路の車が用意されていた。既にガソリンも満タンで、追跡の車が姿を見失ったときのための発信器も装着という念の入れようだった。

捜査陣は庭には出ず、山路がスーツケースを車まで運んだ。それを後部座席におさめると、

「行ってきます」

さくらは精いっぱい力強く言って車を発進させた。いつもは何の気なくそうしている行為なのに、今は眼に映る光景までがいつもとまるで違って見えることに驚いていた。

美浜植物公園は車で五分ほどの場所だ。弥生と静夏が別宅に来るときは、たいがいさくらが運転手役を務め、仕事の合間もずっと泊まり込みで世話をしているので、近辺の地理には相当詳しくなっている。バックミラーに眼をやると、淡いパールピンクのセダンが十五メートルほど距離を置いてついてきている。あれがきっと警察の車なのだろう。そう思うと、ほんの少し頼もしい気持ちになれた。

目的地に近づくにつれ、心臓がばくばくと音をたてて苦しくてたまらなくなったので、胸のそのあたりを何度も叩いて、落ち着け落ち着けと懸命に繰り返さなければならなかった。

無料駐車場は五分の一ほどしか埋まっていなかった。西側というのは道路に面した方向で、ベンチは二つの入口の中間にあった。古くて雨晒《あまざら》しなので、表面のペイントがすっかり剝《は》げ落ち、木目がくっきりと浮き出ている。そのすぐそばに車を停め、急いで座席の下を覗《のぞ》きこむと、小さな紙がセロテープで貼《は》りつけられていた。

『無線器をベンチ横のゴミ箱に捨てろ　そのあと、ゴミ箱の底の下側を探れ』

さくらは迷った。今、自分は犯人に監視されているかも知れない。警察にも、とりあえず犯人の命令に逆らわないように言われている。意を決して、彼女は書かれていた文章をそのまま読みあげ、トランシーバーのセットをひとまとめにしてゴミ箱に放りこんだ。

「やられたな」

彼女の台詞《せりふ》を聞き、追跡車から彼女の行動の報告を聞いた捜査陣のなかから、そんな舌打ちまじりの声が洩れた。

さくらはしゃがみこみ、ゴミ箱の底の下側を覗きこんだ。そこには極薄タイプの携帯電話がテープで貼りつけられていた。彼女がそれを手に取ると途端に着メロが鳴り出したので、ぎょっとして思わず落としそうになった。『サザエさん』の主題曲だった。

『気をつけろよ。壊れでもしたらアウトだからな』

山路の別宅で聞いたのと同じ、ボイスチェンジャーで変換された気味悪い声だ。少し笑いを含んだ気配がさくらの神経をざらざらと逆撫《さかな》でした。

『これからはこのケータイで指示を出す。車に戻れ』

さくらは素直に指示に従った。

そんな様子の報告を聞いた捜査陣から、

「ケータイを使ってきたか！」

「抜け目ない奴だ」

「思ったより手強《てごわ》いかも知れんな」

そんな声があがった。

『いいか。余計なことをするな。おかしなまねをすると、娘の命は保証しない。返事は』

「はい」

『よし。いい子だ。では、よく聞け。仲店通りを知ってるか』

「はい」

声が震えた。舞台でもテレビカメラの前でも経験したことのない緊張だった。

『仲店通りの交差点の角に〈マルフク〉という店がある。そこで適当な大きさのボストンバッグを二つ買え。現金をそれに詰め替えろ。分かったか』

「マルフク、ですね。でも、バッグの代金は？　もしも手持ちのお金で足りなかったら」

『身代金を使っていいぞ。鍵《かぎ》はかかっていないんだろう。特別大サービスだ』

再び声に笑いの気配が混じった。

『事がすんだらそっちからリダイヤルしろ。分かったら返事』

「はい」

通信が切れ、さくらは再び車を発進させた。

仲店通りには静夏を連れてよく行った。さくらが山路に弟子入りしたのが五年前。その年からすぐに静岡行きのお世話をしてきたので、初めは静夏がまだ五つのときだ。あの頃の静夏は本当に可愛《かわい》かった。いや、今だって可愛いのは変わりないが、あの頃は素直で、無邪気で、笑顔が何ともいえず愛くるしくて、本当にまるで天使のようだった。何不自由なく育ったから、というのは違うだろう。同じような環境で育ったはずなのに、意地悪だったり横柄だったりする子供もいる。あの性格のよさは生まれつきだ。山路にもひどくズボラな面や、悪ふざけが過ぎるところがあるし、あの優しい弥生にしても少々神経質で気分屋な面があったりする。きっと両親のいちばんいいところを選りすぐって受け継いだのだろう。その静夏が「さくらちゃん、さくらちゃん」とちょこちょこ歩きでくっついてくるのが、とても誇らしい気持ちだった。

その静夏をこいつは狙《ねら》っていたのだ。いつからだろう。何ヵ月も、ひょっとして何年も計画を練りあげていたのだろうか。自分が静夏を連れて歩いているところも、何度となく監視されていたのだろうか。

これが営利目的でまだしもだったとつくづく思う。もしもイタズラ目的で、犯人からの連絡もなかったなら、山路夫妻は半狂乱程度ですまなかっただろう。

そんなことを考えるうちに、目当ての交差点に近づいた。これまでマルフクなんて店を意識したことはなかったが、確かに交差点の一角にその看板が見えた。二台ぶんほど車を停めるスペースもあって、どちらも空だ。さくらはその片方に車を乗り入れ、後部座席のスーツケースから一万円札を二枚抜き取った。

　ボストンバッグ選びに時間はかからなかった。すぐに適当な大きさのバッグが眼にはいり、迷わず同じものを二つ買った。剝《む》き出しのまま車に戻り、大急ぎで札束を詰め替える。それが終わると、指示通りリダイヤルした。

『終わったか。よし。では、そこから通り沿いの少し離れたところにゴミの集積所がある。それまでの札束の容《い》れ物をそこに捨てろ』

　それも言われた通りにした。

　報告を聞いて、捜査陣は、

「またしてやられたか！」

「仕方ない。ケースは回収しておけ」

「これからどうくるか、ますます予断を許さなくなったな」

　さらに重苦しい空気に包まれていった。

『よし。では次に、山路の車置き場に行け』

「車置き場？　あそこのことも知ってるの？」

『余計なことは言うな。そこで車を乗り替えろ。目立つ車でないほうがいい。いちばん奥の車庫にある水色っぽい車にしろ』

　山路が車好きなことは業界内ではよく知られているのは確かだ。フェラーリやらベンツやらといった自慢の外車が東京の自宅にも二台あるし、こちらの別宅でも離れた場所に専用の車庫を設け、管理人まで常駐させている。もっとも、十年ほど前までは暇を見つけてしょっちゅう乗りまわしていたというが、今は自分で運転するのはごくたまに気が向いたときだけだった。きっと子供ができたせいだろう。家族のために自分の体を大事にしようという気になったのか――およそそんなところに違いない。

「でも、そんなこと、私一人では……」

『あんたが行けば大丈夫だろう。それでも四の五の言うようなら、その場で山路に連絡して、車を交換するように命令させてもいい』

「分かりました」

　とにかく逆らうような物言いは禁物だ。さくらは素直に答えて車庫へ急いだ。バックミラーを見ると、パールピンクの車がまだしっかりとくっついてきているので、ちょっと安心した。

その車庫はさらに郊外の緑の多い場所にある。二つの大きな溜池《ためいけ》のあいだから少し山間《やまあい》にのぼったところだ。門の前に着いてカメラつきのインターフォンのボタンを押すと、まるで待ち構えていたように「ああ、さくらさん」という管理人の声が返ってきた。車を交換するように山路に言いつけられたと伝えたところ、案ずることもなくあっさりと了承された。

「いちばん奥の車ですか。では、右手のほうに車をまわしてください」

その指示に従って雑草のはびこる空き地のほうに移動すると、そちら側の建物の壁に大きな出入口があり、ガーッと音がして格子《こうし》状のグリルシャッターが巻きあがっていくのが見えた。さらにそのすぐ先のガラス戸も電動式で左右に開き、奥から現われた管理人の保坂《ほさか》が片手で大きく手招きした。

さくらは車を入れ、急いでバッグの移し替えにかかったが、保坂は全く怪しむ様子もなく、

「ああ、こりゃまたずいぶん重そうじゃないですか。力仕事なら任せなさい」

そう言って作業を手伝った。

「ガソリンは大丈夫ですか」

「それはもう。急にお声がかかっても大丈夫なように、いつも満タンにしてますから。先月もそうでしたよ。夜になってひょっこり殿がやってきて、久びさに乗りまわしたいってことでこの車で出ていったんです。まあ、そのときは、ものの一時間もしないうちに戻ってきて、どうも眼がチカチカしていけない、疲れがたまってるのかな、なんてボヤいておいででしたけど。気をつけてくださいよって言っておいたんですが、やっぱりちょっと心配だなあ」

保坂は普段一人で暇にしている反動か、ここぞとばかりにお喋《しゃべ》りぶりを発揮した。

「そういえば、同じ頃かな。この近くで女の子がイタズラされて殺されるって事件があったんですよ。東京のほうじゃニュースにもなりませんでしたかね。このへんじゃ大騒ぎだったんですが。本当に可哀想《かわいそう》にねえ。どんな奴がやったんだか。ええ、まだ捕まってないんですよ。あれから静夏ちゃんのことを考えると、もう気になって気になって仕方ありませんでねえ」

そんな話題に過敏な反応を示してしまいそうで、相槌《あいづち》もそこそこに「それでは」と車を発進させた。

さくらが車を交換したという報告に、捜査陣の焦《あせ》りはいっきに頂点に達した。

「車まで？　参ったな。これで無線は全部アウトか」

「そうなると、あとは尾行だけが頼りじゃないか」

「マズいぞ。もしも姿を見失ったら一巻の終わりだ！」

「すぐに応援を繰り出したほうがいいんじゃないですか」

「今から間にあえばいいが。くそっ。無線に頼りすぎてたか。完全に計算を狂わされた」

「とにかく絶対に見失うな！」

　そんな悲痛な声がとび交った。

『乗り替えはすんだか。よし。で、その車にナビはついてるか』

「はい」

『では、これから指示する住所を打ちこめ。そして三十分以内にそこへ行け』

　さくらは言われた通りに住所を打ちこんだ。まるで知らない、土地鑑もない場所だった。そこまでのルートにしても、ほとんど大通りを通らず、細い抜け道らしい曲線がうねうねと複雑に折れ曲がっている。このままの調子でいけば、かかる時間は四十分。急がなければ！　さくらは猛然とスピードをあげた。

実際その道筋にはいると、すぐに方向感覚もよく分からなくなった。さくらはただナビが示す通りにハンドルを切り続けた。やがて鉄道の踏切にさしかかったが、カンカンという音とともに遮断機がおりはじめたところだった。ここで時間をロスするわけにはいかない！　さくらは迷わずその踏切をくぐり抜けた。

　追尾の車から「まかれました」という報告がはいると同時に、捜査陣から悲鳴にも似た絶望の声がいっせいにあがった。

「何てことだ！」

「応援も間にあわなかったか。ナンバーや車種から、もう一度捕捉《ほそく》できればいいが」

「この状況では検問をかけるわけにもいかんし」

「運を天に任せるしかないか」

　そこでふと部下の一人が坂口に、

「それにしてもうまくいきすぎてるんじゃないですか」

「うまくいきすぎ？　どういうことだ」

「ひょっとして、兵頭さくらもむこうのメンバーってことはないでしょうね。犯人が彼女を運び人に指定したというのも、考えてみれば――」

「彼女が？」

坂口は山路に顔を向けた。山路はすぐに大きく手を振って、

「それはないです！　彼女はもう五年もいろいろと家族の世話を焼いてくれていて、弟子のなかでもいちばん家族と関係が深いし、娘とも齢《とし》の離れた姉妹みたいに仲がいいし、絶対にそんなことは」

断固としてその可能性を否定した。

「そうですか」

坂口は頷いて、それ以上の追及はしなかった。

それから十分過ぎ、二十分過ぎ、そして三十分過ぎても、さくらの車を見つけたという報告はいっこうにはいってこなかった。

「こうなると、もう網の外に出てしまっている可能性が高いんじゃないですか」

「そうだな。周囲の県警にも要請して、もっと網を拡大しないと」

自分でそう言いながら、坂口の顔にはヤレヤレという表情がありありとあらわれた。

「どうなるんですか。娘はいったいどうなるんでしょうか」

そのときようやく弥生が縋るような声で口を開いたが、この状況では警察として迂《う》闊《かつ》なことは言えない。曖昧《あいまい》に言葉を濁していると、山路が弥生の両肩を優しく叩いて

宥めた。

それからさらに三十分もたつと、捜査陣はすっかりあきらめの空気に支配された。そしてそこからは時間が過ぎるにつれて、それまでとは別種の焦燥に包まれていった。果たしてさくらは無事に帰ってくるのだろうか？　もしもこのまま彼女の消息が途絶え、静夏も戻らなかったら最悪の事態だ。どうかそれだけはないように。彼らは天にも祈る気持ちで事の進展を待った。

車が別宅を出て四時間が過ぎた頃、さくらから電話があった。

「どうなったんですか。受け渡しは終わったんですか？」

「いえ……」

さくらは浮かない声で言い澱《よど》んだ。

「連絡が来ないんです」

「え？　犯人からの連絡が？」

「ええ。前の連絡で指示された住所に着いたんですけど、むこうから連絡もないし、こちらから何度リダイヤルしても、コールが鳴るだけで全然出ないんです」

「今、どこにいるんですか」

「長野県川上《かわかみ》村の山のなかです」

「そこに着いてからどれくらい時間がたちましたか」

「もう三十分以上……三十五分くらいになります」

思いもよらない事態に、坂口はしばし困惑の絶句に追いやられたが、

「とにかく、すぐに応援を向かわせますので、それまでリダイヤルを繰り返してみてください」

　ひとまずそう伝えるほかなかった。

　三十分後にさくらの居場所に応援が駆けつけたが、やはり犯人との連絡は途絶えたままだった。これ以上は時間の無駄だろうという判断で、さくらと身代金は警察の車で、乗り替えた車は刑事が運転して捜査本部に戻された。

　さくらに事情聴取したところ、追尾の車が姿を見失ったあとも、犯人からこれこれの住所を打ちこむようにと二度指示されたという。つまり、都合三度の住所指定があり、その最後が長野県川上村の辺鄙《へんぴ》な山なかの一角だったわけだ。

「全く、うまいやり方を考えたもんだな」

「しかし、せっかくうまく運んでいたのに、どうして急に連絡を打ち切ってしまったんだろう」

「我々の尾行が続いていると勘違いしたんじゃないですか」

「ここまできて、そんなヘマをするもんかな。それに我々を振り切る方法くらい、こいつならあといくつか用意してそうなものじゃないか」

「もしかすると、奴のほうで何かあったんじゃないですかね」

「何か？　例えば？」

「極端なことをいえば、それこそ事故にでも遭って死んでしまったとか」

「死んだ？　考えられんことではないが、しかし——」

坂口は隣の部屋で身を揉《も》むようにして娘の身を案じている山路夫妻を横目で見た。

もしもそうなら、それこそ事態は最悪だ。

「犯人が残したケータイはどうなんだ」

「プリペイド式のものなので、購入した人物の特定は困難だそうです。指紋も、残っていたのはさくらさんのものだけでした」

「公園の駐車場付近の聞き込みはどうなってる」

「人員をふやして進めてますが、今のところ、不審人物の目撃者は見つかっていません」

「犯人が指示した住所からも、尻尾《しっぽ》をつかむのは難しいだろうな」

「ただ、車庫で車を交換させたことからしても、犯人は山路のことをかなり詳しく知っているのは確かです。あるいはやはり内部の者という可能性も――」

部下はその線を強く推したが、マネージャーの大島に確認を取ったところ、山路の車好きは業界内では有名だし、それに関するグラフ記事やインタビューも何度となく芸能誌に掲載されているということなので、車庫の場所を調べるだけなら外部の人間にもそれほど難しくなさそうだった。

「どのみち、周辺捜査から犯人に行きつくには時間がかかりすぎる。次の連絡が来るのを祈るしかないな」

坂口は溜息まじりに呟いた。

しかし、その望みはついに叶《かな》えられなかった。その日が過ぎ、翌日になっても、犯人からのアクションは何ひとつ届かなかった。まるで煙になって消えてしまったように――。それが坂口のみならず、捜査陣全員が抱いた共通の印象だった。

長野県川上村のとある山道の中途に、もう二十年以上も無人のままの廃屋がぽつんと取り残されている。

その裏手にある物置小屋。

屋内には木箱や縄や金物類が雑然と積み置かれ、その上に埃《ほこり》が分厚く層をなしている。割れたガラス窓から光が射《さ》しこみ、宙に舞う埃をちりちりと乱反射させていた。聞こえるのは周囲の山林からの遠い鳥の声ばかりで、静かに滅びつつある静寂がその空間を支配している。けれどもその静寂を破って、突如ガタガタという音が屋内に響き渡った。

音は床下からだった。朽ちかけた床板の一角から埃が舞いあがっている。よく見ると、床板には畳一畳ぶんほどの方形の切れ目があり、埃の出どころはその部分だった。そしてすぐにその方形の一角がゆるゆると持ちあがったかと思うと、大きな音をたてて片側に撥《は》ねとばされた。

モウモウと埃が舞いあがるなか、ぽっかりと畳形の穴が現われた。そしてそこから小さな人影が身を起こし、キョロキョロと周囲を見まわした。おさげ髪の十歳くらいの少女。――それが山路静夏だった。

髪も顔も白黒まだらに汚れた静夏はしばらく茫然《ぼうぜん》とした様子だったが、ひとしきり激しく咳《せ》きこむと、老人のように足腰を庇《かば》いながらのろのろと立ちあがった。その高さから、穴の深さは三十センチほどしかないのが分かる。静夏はさらに周囲を見まわし、これも朽ちかけた引き戸を見つけると、急いでそちらに向かった。

ガタガタと軋《きし》んで重かったが、引き戸は子供の力でもあけられた。外に出ると、一度に眩《まぶ》しい光が眼にとびこんできた。反射的に顔を被《おお》い、腕を庇《ひさし》にして周囲を窺《うかが》う。お化けでも棲《す》んでいそうな不気味な廃屋。鬱蒼《うっそう》と繁《しげ》る濃い緑。だが、人の姿も気配もない。大丈夫だ。静夏は足音をたてないようにそろそろと歩き、廃屋の脇《わき》を通り過ぎて山道に出た。

しばらくとぼとぼと歩いていると、山道の先のほうで人影が見えたのでびくっとしたが、よく見るとそれは警官だった。静夏は急いで駆け寄ろうとしたが、走るほどの力は出なかった。懸命に早足で歩いていくと、むこうのほうでこちらに気づき、慌《あわ》てた様子で駆け寄ってきた。そして、

「君、もしかして、山路静夏ちゃん？」

相手の口から自分の名前が出たのでびっくりした。

それが事件発生から二日後のことだった。静夏が無事に保護された報せは山路夫妻を狂喜させた。捜査陣にとっても最悪の事態を免れた安堵はもちろん、これで犯人の手がかりが得られるのではという大きな期待を抱かせる展開だった。

静夏の話では、彼女が拉致《らち》されたのはアスレチック・パークからの帰り路で、うら淋《さび》しい裏通りを歩いていたときだったという。いきなり背後から顔に袋のようなもの

を被《かぶ》せられ、車に連れこまれたらしい。そのすぐあとに頭がぼんやりして何も分からなくなったというから、恐らく袋にクロロホルムのようなものが仕込まれていたのだろう。それからずっと眠り続けていたのだが、気がつくと真っ暗な棺桶《かんおけ》みたいな空間に寝かされていて、蓋《ふた》を撥ねのけて起きあがると、あの物置小屋だったというのだ。

　血液検査によって、静夏の体内からは睡眠薬の代謝成分も検出された。

　かくして問題の物置小屋が徹底的に調査された。しかし捜査陣の期待を裏切って、犯人に繋《つな》がりそうな痕跡《こんせき》は全くと言っていいほど見つからなかった。土地家屋の元所有者は茨城の人間だったが二十二年前に既に他界しており、今はその次男に相続されているが、重い障害で介護を受けている状態なので当地を訪ねたことさえなく、その線からも何もつかめなかった。

　誘拐被害者が戻ってきたことで報道管制が解かれ、事件は大々的に世間に公表された。ただでさえターゲットとなったのが大物人気芸人の娘であり、しかも身代金奪取に成功する寸前で犯人が消えてしまった不思議さから、たちまち事件は全国の人びとの話題を攫《さら》った。テレビ各局でもワイドショーのネタとして繰り返し取りあげられ、同じお笑い芸人の子供が狙われたことから、過去の〈トニー谷長男誘拐事件〉と比較されたりもした。そうした場で最も有力視されたのは、やはり犯人側に何事か不慮の事態が起こったのではという推測だった。事故や病気で急死してしまったか、そうでなくとも身動き取れない状態になってしまったのではないだろうか。警察でもその線を重視し、当日に行き倒れたり、重傷重体に陥った人物を捜し出そうとしたが、なかなかそれらしい事例を見つけられないでいた。

不慮の事態としてもうひとつよく持ち出されたのは、土壇場《どたんば》で仲間割れが起こって、予定通り計画を進めることができなくなったのではないかという推測だった。もしかすると、そのために互いを殺傷しあうに至ったのかも知れない。そうであれば、まるで舞台劇にでもありそうな皮肉な結末だ。いや、実際、警察の捜査が行き詰まりの様相を色濃くするにつれ、早くも映画化の企画が取り沙汰《ざた》されるほどだった。とびきりの不可解さとともに、想像を巡らせる余地の多さが、人びとの興味を惹《ひ》きつけてやまなかったのだ。

それでも人びとの興味や関心には、対象それぞれの賞味期限がある。これといった進展もないままひと月、ふた月とたつにつれ、山路ふうま長女誘拐事件は次第に人びとの意識から遠ざかっていった。……

*

＊　＊

「もちろん僕も憶《おぼ》えてますよ。ひと頃、テレビをつければその事件ばかりという騒ぎでしたからね。まあ、確かに不思議で面白い事件でしたが。……でも、詳しいんですね。もしかして、話に出てきた誰かとお知り合いなんですか？」

　僕は素直な疑問を口にした。すると天野先生はゆるいウェーブのかかった髪に手櫛《てぐし》を差し入れながら、

「まあ、知り合いと言って間違いではないですね」

　そんな遠まわしな言い方をした。

　十数畳もあるゆったりとした部屋だった。薄いレースのカーテンを透して、柔らかな光が部屋にひろがっている。クリーム色の壁。萌葱《もえぎ》色《いろ》のカーペット。中央に淡い色合いの大理石の円卓があって、それを挟んで僕らは向かいあっていた。

「あ、そうか。知り合いというより、患者さんなんですね。そうなると守秘義務とい

うのがあるから、それが誰かは迂闊に明かせないと。まあ、そういうことならそれでもいいですよ。……で、どうしてその話を？　まだ何か続きがあるんですか？」

天野先生はにっこりと笑みを浮かべ、

「ええ。もちろん続きがあるんです。世間的には、この事件の犯人の正体は今も分からず、このまま迷宮入りしそうな雲行きというふうに認知されてますね。しかし、僕はこの犯人が誰なのか分かったんです」

「え？」

僕は思わず声をあげた。それも素直な反応だった。

「犯人が分かった？　え？　でも、そのことを警察には言ってないんですか。それはどうして」

そして天野先生の返事を待たずに、

「ああ、そうか。きっと、その犯人が先生の患者さんなんですね。つまり、さっきの話をしてくれた人というのが犯人で、それだけ詳しい内容を教えてくれたってことは、結局、被害者の内輪に犯人がいたってことなんでしょう。で、それだから、患者さんが犯人というのも守秘義務に属すると――」

しかし天野先生は軽く首を傾《かし》げて、

「患者さんの告白なりで真相を知ったというわけですね。それなら確かに僕のような凡人でも、居ながらに真相を知ることができますが、いや、なかなかそれほど簡単なことではないんです。まあ、順を追って説明しましょう。もちろんこの事件の内容はかなり詳しく世間に流布《るふ》しているので、物凄《ものすご》い数の人たちがあれやこれやと想像を巡らせ、真相はこうじゃないかと推測したはずですね。そのなかには僕などよりはるかに頭のいい人も山のようにいたでしょう。しかしそれでも真相をこれだと言いあてた人はいなかった。その理由は、公開されたデータがやはり部分的だったせいに尽きると思います。僕がそういった世間一般の人たちに較《くら》べて有利だったのは、直接事件に関わった人から生の情報を得られた点でした。現に、僕自身がそれ以前にテレビや何かで得ていた情報と較べると、生々しさや周辺事情の厚みもそうですが、疑問に思った点の確認を取ることができるという点で大違いでしたね」

そんなふうに前置きして、天野先生はひと口コーヒーを啜った。

大理石の円卓の上には同じ色目の灰皿があり、それに僕の首からさがったペンダントがあたってカランと音をたてた。なかの吸殻はみんな僕が吸ったものだ。また新たな一本に火をつけて、僕は先生の話に耳を傾けた。

「僕がふと気になったのも、直接事件とは関わりのなさそうな部分でした。それは、山路ふうまの車庫でさくらが車を交換したとき、お喋りな管理人から出た『最近、この近くで女の子がイタズラされて殺されるって事件があった』という話です。管理人も言った通り、全国的にはそれほど大きく取りあげられなかったようですし、ましてあまりテレビも見ない僕は全く知らなかったのですが、調べると、確かにそれに該当する事件がありました。ここに地元の新聞の切り抜きがありますが、概要はこうです。飯島《いいじま》未知瑠《みちる》という九歳の少女が、夜の七時過ぎ、自宅近くの友達の家へ行く途中で行方不明になっていたが、翌朝、自宅から七百メートルほど離れた法妙寺というお寺の境内裏の雑木林のなかで扼殺《やくさつ》死体となって発見された。これはのちに分かったことですが、遺体は半裸の状態で、暴行された形跡があり、殺害されたのは前夜の七時から八時くらいの時間と見られているそうです。……で、地図で調べたところ、その遺体発見現場と山路の車庫は二百メートルほどしか離れてないんですよ。それで僕は、初めから気になっていた点を、事件の話をしてくれた人に確認してもらいました。すると驚くべきことが分かったんです。管理人が言った、山路が突然やってきて車を乗りまわした日と、少女が殺害された日が、時間帯までぴたりと一致していたんですよ。誘拐事件のちょうど二週間前でした」

　柔らかな光に包まれていた部屋の空気が、その一瞬、ぴんと張りつめたような気がした。

「同じ時間？」

「ええ、そうなんですよ。さっきは驚くべきことと言いましたが、実は案の定というか、もしかするとそうじゃないかと思っていたんです。だからこそ、その点を確認してもらったわけですからね」

「その事件が関係あるっていうんですか。え？　じゃあ、もしかして、山路ふうまがその事件の――？」

　そして僕は続けざまに、

「そうか。山路がその犯人で、遺族側の人間がそのことを知ったから、彼に復讐《ふくしゅう》するために娘を誘拐したっていうんですね！」

　勢いこんで思いつきを口にした。

「そうですね。それがまず普通の筋道でしょう。僕自身、初めはそんなようなことではないかと考えていたんです。しかし、復讐と考えるといろんな面で何だか不自然ですね。まず、山路が犯人と知ったとき、すぐ警察に通報するのが普通なのに、なぜそうしなかったのか。三億円という金銭を要求した点も復讐にしてはちぐはぐですね。おまけに、復讐なら営利誘拐より目的遂行への執念も大きいはずなので、途中で尻切《しりき》れトンボに終わってしまっているのがますます不可解になるでしょう」

「そうすると、復讐ではない……？　じゃあ、やっぱり営利誘拐だった？　そうか。少女殺しの犯人が山路と知った人物は、別に少女の遺族とは限らないですもんね。全く関係ない第三者が、たまたまそのことを嗅《か》ぎつけたっていいわけだ。だからそいつには最初から復讐なんて気持ちはさらさらなくて、単にそれをきっかけに山路相手の誘拐事件を思いついたとか？　というより、少女殺しの件を脅しに使うか何かすれば、身代金を巡るかけひきにうまく利用できると考えたんじゃないかな」

「そうだとすると、どうして実際にはそのことを脅しに使わなかったんでしょうね」

天野先生は逆にこちらに質問してきた。

「案外すんなりと事が運んだので、脅しを持ち出す必要がなかったんじゃないですか」

「その答には同意しにくいですね。なぜかというと、通常、犯人にとって身代金奪取のいちばんの障害は、とにもかくにも警察の存在でしょう。それだけの脅しの材料を持っているなら、まず真っ先に警察に連絡するなと命令しそうなものなのに、実際はまるで気にもしていないふうではないですか。少女殺しのことをバラすぞと言えば、かなりの高確率で警察の排除を見こめるにも拘《かかわ》らず、です」

「電話に出たのが付き人だったからじゃないですか。脅しが効くのは山路本人だけなんだから」

その反論にも、

「電話の主は山路に代われとも言わずに、いきなり誘拐の宣告をしたようですよ。仮に別宅に山路がいないことを知っていたにせよ、本人をつかまえるまで、別に誘拐の宣告を焦る必要はなかったはずですしね」

天野先生は理路整然と返した。

「では……どういうことなんでしょう」

「今、僕が指摘した点からして、この犯人は警察の介入に関してあまりにも無頓着《むとんちゃく》ということが言えると思います。まるで、介入してもしなくてもかまわないといった鷹《おう》揚《よう》さではないですか。そのくせ、実際に身代金の運搬の段階にはいると、警察の追尾を振り切るためにあれこれ知恵を絞って工作を施している。ここに僕は奇妙な矛盾を感じるんです」

「……ということは、つまり？」

「その前に、そもそも少女殺しの犯人は山路ふうまなのかという地点に立ち戻りましょう。そこでどんな岐路があるかをしっかり見極めないと、どんどんおかしなところに迷いこんでしまう危険性がありますからね」

「え？　山路が少女殺しの犯人じゃないっていうんですか。でも、それだと結局、二つの事件は関係なくなっちゃうんじゃないですか？」

僕がそう言うと、天野先生は上体を大きく乗り出すようにしてこちらの顔をじっと覗きこんだ。

「そうですか？　山路が少女殺しの犯人という以外に、二つの事件の関連の仕方はあり得ませんか？」

　そのゆったりとした抑揚といい、吸いこまれそうな眼差《まなざ》しといい、まるで妖《あや》しい術師にでも見つめられている感覚だ。いや、実際、今まさに先生得意の催眠術にかけられようとしているんじゃないだろうか。精いっぱい気を引きしめながら、急いで頭を回転させようとしているうちに、僕は知らず知らず首からさがったペンダントを握りしめていた。鎖の先についているのは、いわゆるドッグ・タグ——米軍の認識票を模した金属板だ。

「ええっと……あ、そうか。逆もある？　山路のほうが少女殺しの現場を目撃したというのは……うん、それもありますね！　問題は、山路がなぜそのことを警察に通報しなかったかという点ですが、それも例えば犯人が山路の知りあいだったら……身内とか、弟子とか、友人とかなら、誰にも言えずに黙っていた理由になるんじゃないですか」

　だけどそこでもっと大きな疑問にぶつかった。自分のおでこをぽんと叩《たた》いて、

「でも、それだと、犯人は山路を殺そうとするのが普通か。それがどうして山路の娘の誘拐になるんだろう。そうすることで山路に口止めをかけようとした？　その見込みが立ったから、現金の受け渡しを途中で放棄したのかな？　うーん。何とか繋がりそうな気もするんだけど、そのへんの理屈がよく分かりませんね」

　僕の四苦八苦ぶりに、天野先生は大きく頷《うなず》いて、

「いやいや、いいですよ。ちなみにその線で考えるなら、山路が必ずしも現場そのものを目撃したとは限りませんね。例えば山路はただ単に現場近くで犯人を見かけただけで、別に事件と犯人を結びつけて考えてはいなかったかも知れない。しかし、犯人にとっては、自分の姿を見たと証言されるだけでも致命的だった、というようなケースも考えられるでしょう」

「なるほど。確かにそうですね。その場合は、必ずしも犯人が山路の知りあいでなくてもいいわけか。どのみち、犯人の目的は山路への口止めになるわけで。……でも、やっぱり、犯人がどうしてそのために誘拐という方法を選んだのか、ピンとこないな

あ。別宅の固定電話とは別に、裏でこっそり山路のケータイにも電話をかけて、何も喋るなと脅迫していたんでしょうか。喋ったらお前の家族を殺す。俺は本気だ。いつでもどうにでもできるのがこれでお前にも分かっただろう、なんて言って。それで山路が決して喋らないからと必死に誓ったので、犯人は誘拐劇を中断した。……うん。考えているうちに、だんだんそんな気がしてきたな。きっと、そういうことだったんじゃないですか、先生」

コメントを求めると、天野先生は歯を見せて笑い、

「まあ、結論を急がないでください。とにかくここで大事なポイントは、二つの事件の結びつき方にはいろんなバリエーションが考えられるということなんです。山路が少女殺しの犯人に繋がる鍵を握ったというのは、そんなバリエーションのひとつに過ぎません。さて、ここで、今までの話には出てこなかった新たなデータを提示しておきましょう。実は、この事件に強い興味を覚えた僕は、いくつかあるポイントの場所をただ地図上で確認するだけでなく、実際に現地に行って自分の眼で確かめてみることにしたんですよ。その結果、少女の遺体があった現場にしろ、頭のなかでボンヤリ思い描いていたイメージとは大違いでした。特にその現場と山路の車庫との距離感覚や、そのあいだにある塀の状態などは、実際に行ってみなければ決して分からないこ

とですからね。そして何よりも大きな収穫は、検分したポイントのひとつである植物公園でたまたま耳にした立ち話でした」

「立ち話？」

「ええ。植物公園でぼんやり花を見ていたとき、すぐそばで主婦らしい女性三人がお喋りをしていて、たまたま『犬飼《いぬかい》町の事件』という言葉が耳にはいったんです。ええ、少女の遺体が見つかった場所がその町名だったものですからね。急いで聞き耳を立てると、『犬飼町の事件、まだ犯人もつかまってないんでしょう』『ここ二年くらい、アジミとかショウセンでも同じような事件が続いてるじゃない。きっと同じ犯人よ』『恐《こわ》いわねえ。警察も何してるのかしら』などという会話でした。アジミやショウセンというのも周囲の土地名であるのをあとで確かめましたが、それより肝腎《かんじん》なことは、同じような事件が連続して起こっているという部分です。僕はすぐに警察に問いあわせたり、図書館の新聞を閲覧したりして調べました。結果、立ち話の通り、去年の五月から今年にかけて、同じような事件がほかにも三件起こっていました。どの犠牲者も九歳から十一歳の少女で、遺体は半裸の状態、殺害方法が扼殺というのも一致しています」

「ほかにも三件……都合四件ですか」

僕は思わず溜息をついた。

「ええ。これらはほぼ、同一犯人による犯行と見て間違いないでしょう。そうすると、この仮定に立てば、少なくとも山路ふうまが犯人か否《いな》かという問題に関しては、判定できる蓋然《がいぜん》性が俄《が》然《ぜん》高くなりますね。都合のいいことに、僕に事件のことを話してくれた人は、山路のアリバイをある程度チェックできる立場にいるんです。そして調べてもらった結果、山路ふうまは少女殺しに関してはシロでした。三件中、二件についてアリバイが成立していたんです」

「シロ？　そうですか。……じゃ、やっぱり犯人は別にいて、山路がその事件の何かをつかんだと考えるべきなんですね」

けれどもなぜか天野先生は軽く口の端を曲げ、コリコリと指で眉毛《まゆげ》のあたりを掻《か》いた。

「問題はその点なんですが……。ここでもうひとつ、新たなデータを提供しておきましょう。少女殺しの犯人が山路でないのがはっきりした以上、その疑問を直接本人にぶつけてみてもいいはずですよね。そこで、話をしてくれた人に頼んで、実際そうしてもらったんですよ。あなたは少女殺しの事件について何かを知っているのではないか、ひょっとするとその犯人を知っているのではないか、とですね。結果は、全く心あたりがないという返事でした。もちろん、芸人ならではのオトボケという可能性もありますが、少なくともその人が注意深く観察しても、動揺や逡巡《しゅんじゅん》の素振りも全くなく、それどころか少女殺しの事件自体も、そういえば家内がそんなことを言ってたかな、という程度の認識だったとか」

「どうなんでしょうねえ。芸人なんて、そのへんのゴマカシは山ほど場数を踏んできてるんじゃないですか。そうそう信用はできないなあ」

僕はタバコを揉み消しながら言った。

「ええ。そこでさらに、少女殺しのあった時間が、ちょうど山路が一時間ほど車を乗りまわした同じ時間だったことも表に出した上で、そのときに本人が意識しないまま、事件に関する何かを見るなり聞くなりしたのではないかと追及したんですね。それに対する山路の返事はこうでした。『十年ほど前から車を運転するとフラフラするようになって、それから血圧が高いのが分かった。同じ頃に子供もできたし、運転中におかしなことになって事故でも起こしたら大変だからと、あれほど好きだった運転を泣く泣く控えるようにした。先日は、ここのところ体の調子もいいからと、ふと気が向いて運転してみる気になったのだが、やっぱりすぐにくたびれてしまって、血圧もあがってきたみたいだったから、一時間くらいで切りあげた。つくづく我ながら情けない。とにかくその間、一度も車から外に出ることもなかったし、特に変わったものや出来事に出くわした憶えもないので、もしも何かを見たとしても、記憶にも残らないくらいにチラ見しただけじゃないか』――まあ、おおむねこういった内容で、そこに嘘《うそ》を織り交ぜている気配は全く感じられなかったというんです」

「なるほど」

そんな説明を受けると、僕も山路の言い繕《つくろ》いという意見をひっこめざるを得なかった。

「でも、そうなるとどうなるんです？　もしかして、山路に致命的な何かを握られているというのは、犯人側の一方的な思いこみに過ぎないとか？」

天野先生は再び大きく頷いて、

「そう。確かにその可能性は考慮しなければいけませんね。ただ、実際にそうであろうがあるまいが、犯人が山路に尻尾をつかまれていると信じていたなら、先程あなたも指摘した通り、犯人は裏で山路に連絡を取って、口封じの脅しをかけたはずです。だから僕は話をしてくれた人に、その点も確かめてもらったんですよ。実際、そういう脅しのメッセージがあったのかと。山路の返事は、やはり心あたりがないということでした」

「ない？　では結局どうなるんですか？　犯人は確かに別にいる。でも、犯人は山路に何かを握られていると思っていたわけでもない。それだと、犯人が誘拐を仕掛けた理由がやっぱり分からないままじゃないですか。いや、そもそも本当に二つの事件に繋がりがあったのかも――」

　けれども天野先生はあくまで落ち着きはらった態度を崩さず、

「仰言《おっしゃ》ることはよく分かります。だからこそ、ここで考えなければならないのは、二つの事件の関連性の新たなバリエーションなんです」

　きっぱりとそう言いきった。

「新たなバリエーション……？」

「ええ、そうです。山路が少女殺しの犯人でもなく、犯人が山路に尻尾をつかまれたと思ったわけでもない、それ以外の繋がり方です」

「そんな繋がり方があるんですか。……だいいち、もしあったとしても、そんな雲をつかむようなものをどうやって見つけることができるんです？」

「そのためには、もう一度全体を振り返って考えてみましょう。犯人はなぜ誘拐事件を仕掛けたのか。そして噂《うわさ》されているように犯人の身に何か起こったのではないとすると、なぜそれを成功一歩手前で中断してしまったのか。ひとまず、この問いをいったんひっくり返す必要があるのではないか。僕はそう思ったんです」

「ひっくり返す？」

僕は鸚鵡《おうむ》返しに訊《き》いた。

「ええ、そうです。成功一歩手前で中断してしまった。しかし、これはあくまで我々の眼から見た価値判断です。もしかすると犯人にとっては、あれで充分に成功だったのではないか。犯人の真の目的は、あの段階で既に完全に成し遂げられていたのではないか。そう考えることはできないでしょうか」

「成し遂げられていた？　犯人の目的は別にあった？　山路への口止めでもない、別の目的が……？」

「そうです。そしてそれを探りあてるためには、事件の経過を注意深く辿《たど》らなければなりません。注目すべきポイントはこうです。この誘拐事件の前と後で、何か変化したことはないか。もっとつきつめて言えば、兵頭さくらが現金を載せた車を出して以降、前と後で何か変化したことはないか、です」

「変化……」

「些細《ささい》なことまで数えあげればいくらでもあるでしょう。例えば、マルフクという店のボストンバッグが二つ売れたこと。駐車場のゴミ箱にはトランシーバーのセット、マルフク近くのゴミ集積所にはスーツケースが捨てられたこと。滅多に車も通らないような山道を車が通ったこと自体。もっと重箱の隅をつつくようなことなら、駐車場のベンチとゴミ箱の下を探ることによって、そこにさくらの指紋がついたことも変化のうちのひとつですね。ともあれそうやって注意深く辿りなおしていくと、変化が起こった場所のなかでいちばんそれらしいのが、やはり例の車庫なんですよ」

天野先生の声がひとつの核心に行きあたったように重みを増した。

「車庫で起こった最大の変化は、むろん車が交換されたことです。具体的な動きをあげつらっていくと、まず、門の前にさくらの運転する車が停まった。さくらがインターフォンを押し、管理人と喋った。さくらが車を建物の横手に移動させた。グリルシャッターとガラス戸が開かれた。さくらが車庫に車を乗り入れた。さくらと管理人がボストンバッグを車から車に移し替えた。さくらが新たな車に乗りこんで車庫から出た。その後、管理人がシャッターとガラス戸を閉めた――という順序です」

「…………」

「さて、この一連の動向のなかで、問題となるのは、事実上、犯人には実行不可能なことであるはずです。つまり、門の前に車を停めるというのは、特定の車でという条件さえなければ、犯人にも――たとえ本人が運転免許を持っていない場合でも、他者に依頼すれば実行できるので、これが犯人の目的だったとは考えにくいでしょう。そうした観点から眺めて、犯人には実行不可能なことが三つほどあげられると思います。まず、車が交換されたこと自体。次に、ボストンバッグが前の車から後の車に移されたこと。そして、シャッターとガラス戸が開き、閉じられたことです」

「……」

「では、そのひとつひとつを検証していきましょう。まず、車が交換されたこと自体。なかんずく、車庫内の車が外に出されたほうがメインになるでしょうね。ただ、その車に犯人が何らかのかたちで接触したなら、それが犯人の目的だった蓋然性はいっきに高くなりますが、それらしい形跡は全くない。接触がない点に無理矢理解釈をつけるなら、犯人がその車のマニアで、シャッターごしに薄暗い車庫内を覗《のぞ》くのではなく、公道を走る姿を是非とも見たかったとでも考えるほかないですが、そんなことのために誘拐事件を起こすはずもないし、だいいちそれでは少女殺しの事件とは無関係になってしまいますね。よって、この変化に関しては却下です」

「……」

「次に、ボストンバッグが前の車から後の車に移されたことですが、これはさっき以上に犯人の目的である理由づけを見つけにくいですね。というか、僕の頭ではどうひねっても考えつきませんでした。どうでしょう。あなたには思いつきますか？」

天野先生が再び僕の顔を大きく覗きこむ。何も出てこない言葉の代わりのように、僕の手のなかでペンダントがカランと音をたてた。そんな反応を確かめておいて、先生はゆっくり身を引き、

「そういうわけで、これも却下していいでしょう。さて、そうなると残りはひとつですね。シャッターとガラス戸が開き、閉じられたこと。……これも一見、理由づけを見つけにくそうですが、車やボストンバッグとは異なり、少女殺しの現場に近いあの車庫に固定されたものであることから、僕はきっとこれに違いないと思いました。そういう意識で、何ひとつ見逃すまいと、現場とその周辺を詳しく検分もしました。その結果、僕はひとつの仮説に辿りついたんですよ。肝腎なのはガラス戸ではなく、シャッターのほうです。シャッターが開いて、閉じる。いや、ともあれシャッターが開くこと。それこそが犯人が待ち望んだ瞬間だったんです」

天野先生の声がまたひときわ重みを増した。

「ただ、その前に少し説明しておかなければなりませんね。グリルシャッターというのはシャッター面が格子《こうし》状で、遮蔽《しゃへい》された先が素通しに見えるようになっているものをいうのですが、そのいちばん下の部分は平坦《へいたん》な板状になっているのが通常です。し

かし、山路ふうまの車庫では、幅四メートル弱の床の接地面に直径五センチほどの深い縦穴が五十センチ間隔で穿《うが》たれ、そこにシャッター下面から突き出た直径三センチほどの円柱形の突起が嵌《は》まりこむ形式になっていました。そして僕は管理人にも確かめたのですが、少女殺しのあった夜、山路が車で出ていたあいだ、シャッターは上に巻きあげたままで、ガラス戸だけを閉めておいたということでした。これらのことから組み立てた僕の想像はこうです。少女殺しの犯行をなし終えた犯人は、お寺の境内裏の雑木林からフェンスの破れた部分を通り、車庫の建物の近くに出た。そして建物の横手の壁を伝うように歩き、そこから車道に抜けて逃げようとした。ところがそこに山路の車が戻ってきた。犯人がちょうど開け放されたシャッター部分にさしかかったときです。犯人は咄嗟《とっさ》に戸口の奥に身をひそめようとしたかも知れない。けれどもその車がまさにその車庫にはいろうとしているのに気づいて、慌てて身を翻《ひるがえ》して逃げ出したのかも知れない。とにかくそこで、犯人は身につけていた何かを落としてしまったのではないか。それも、床にあいた穴のなかに。そして車は車庫に戻り、シャッターが鎖《とざ》された。その場ですぐ気づいたのか、それともいったんその場を離れたあとで気づいたのかははっきりしませんが、ともあれ犯人は落し物を捜して車庫に戻った。そしてそれが穴の底にあり、突起に挟まれて取り出せなくなっているのを知って愕然《がくぜん》とした。そういうことではないかと思うんです」

天野先生は再びゆっくりコーヒーで舌を潤《うるお》し、

「さて、この遺留品を回収するためには、もう一度シャッターを開くしかありません。しかし、次に開かれるのをただ待つというのはあまりにもアテのない話ですし、その間、常時そばに張りついているわけにもいかないでしょう。かといって、自分の手でシャッターを開くために車庫に忍びこむのは、これまた大きな危険がつきまとう。だいいち、すんなり開閉ボタンを捜しあてられる保証もないですね。何とかこちらの思い通りのタイミングでシャッターを開かせる方法はないか。そこで犯人は考えに考え、この誘拐事件を思いついたのです。身代金を運ぶ車を交換させ、それによってシャッターを開かせる。そのために、犯人は車庫にある任意の車ではなく、建物横手のシャッターの奥にある車をわざわざ指定したのです。結果、すべてが思い通りに運び、犯人は遺留品を回収することができた。目的はそこで達せられたので、あとはつけ足しに過ぎません。その後もいろいろと指示を続けたのは、一連の動きのなかでなるべく車庫でのことを目立たせなくするためのカムフラージュですね。最終的にさくらの車を川上村に導いたのは、薬の効果が切れて目覚めた静夏ちゃんを速やかに保護させるためでしょう。そう。もともと犯人の目当ては静夏ちゃんではなかったし、この誘拐事件と少女殺しとの関連づけを回避するためにも、彼女を無事に帰す必要があったわけですからね」

　そこで天野先生はにっこりと笑みを浮かべ、

「いかがでしょう。ええ。仰言りたいことは分かります。仮説というには、あまりにも勝手な想像を重ねすぎている。仮にそれがあたっていたとしても、では、その遺留品というのは何なのか。それが回収されてしまった今となっては、犯人に繋がる糸口は何も残されていないはずだ。それでも犯人をつきとめるためには、純粋に一連の少女殺しだけを材料にしなければならないが、それだと再び警察よりも圧倒的に不利な条件に後退してしまう。だから結局、にわか仕立ての素人《しろうと》探偵などに犯人を特定できるはずがない、と、こうでしょう。ただ、既に遺留品を回収されてしまった今でも、それがどんなものだったかの推測はある程度できます。まず、その大きさは、直径五センチの穴におさまるサイズであること。もちろん例えばハンカチのように、全体もしくは一部が軟らかい材質でできている可能性もありますが、少なくとも硬くて変形しない部分があって、そこが穴の底に挟まれているなら、その部分は五センチより小さいことになります。しかもあまり厚みがあると、その部分だけシャッターの下の部分が浮きあがってしまうので、薄くて平たいイメージが浮かびあがってきますね。そしてサイズや形状以上に肝腎な点が、なぜ犯人がそこまでしてこの遺留品を回収しようとしたのかという問題です。もちろん、極めて高価な貴重品とか、犯人が個人的にとても大切にしているものという可能性もありますが、そんなものを少女殺しの犯行時にまで所持し、しかもすぐに落としてしまうような携帯の仕方をしていたというのは不自然ですね。というわけで、これは犯人が常時身につけていて、なおかつ犯人の素性とダイレクトに結びついてしまうものではないかと思うんです。例えば、免許証、学生証、名刺、携帯電話といった類《たぐ》いですね。もっとも、携帯電話は先程のサイズの問題から真っ先に却下されますが」

天野先生がそこまで言ったとき、僕は溜《た》まったものを吐き出すように口を開いた。

「そうだ！　さっきの話だと、さくらが車を交換したときは、まだ警察が追跡を続けている最中だったんでしょう。それなら、シャッターが開いて、さくらが新しい車で出ていくまでの様子は、ずっと警察が監視してたわけですよね。さくらの車が出たあとも、管理人が前の車を車庫入れして、すぐにシャッターを閉めたんだろうし。だったら、犯人には遺留品を回収する隙《すき》なんかなかったはずじゃないですか」

これには反論できないはずだと思ったが、天野先生はますますしたりという顔で、

「ああ、素晴らしい。今まさにその点にふれようとしていたところなんですよ。そう

です。遺留品の回収説にはその問題が障壁になりますね。今あげた免許証、学生証、名刺の類いでは、犯人がそれを回収するには、シャッターがあがったとき、犯人自身がその穴のところまで行かなければならない。けれども、だからと言って回収説そのものを否定するのではなく、ではどうすれば回収説が可能かという方向に考える必要があるんです。例えば、遺留品の形状をこんなふうに修正してやればどうでしょうか。その遺留品には板状の硬い部分と紐《ひも》状の柔らかい部分があって、穴の底と突起で挟まれたのは硬い部分、そして紐状の部分は穴の外にはみ出した状態になっていたのだと。であれば、こういう工夫が可能かと思います。紐状の部分の片端に長いゴム紐を縛りつけ、ある程度ひっぱった状態にして、もう片方を少し離れた強く根の張った草とか大きな石に固定しておくんですよ。そうすると、シャッターが開けば自動的にゴム紐が縮まり、遺留品が固定した場所のそばまで引き寄せられるわけです。さくらは車の交換のことで頭がいっぱいですから、もしもそんな動きが眼にはいったとしても気にも留めないでしょうし、十メートル以上も離れたところから監視している警察の車からは気づかれもしないでしょう。そしてあとはシャッターが鎖され、警察の車も走り去ったのを見計らって、悠々と遺留品を回収すればいいんですよ。そう考えれば、名刺は度外視するにしても、免許証や学生証には再考の余地もでてきますね。長いチェーンのついたパスケースのようなものなら、今の条件にあうわけですから。パスケース自体は直径五センチの穴より大きいですが、ちょうど穴の上に乗っかったところを、突起の重みで端を折り曲げられるようにして穴の底に押しこまれたとするわけです。もっとも、この場合はゴム紐程度でひっぱりあげるのは少々力不足でしょうから、近くの物陰にひそんだ犯人自身が長い紐でひっぱってやる必要があるでしょうが。……いや、僕はそれよりも、もっと条件にあいそうなものに見当をつけているんですよ」

そして天野先生は軽く首を傾げてみせて、

「少し気分が悪いですか。さっきからしきりにペンダントをいじりまわしてますね。それは米軍の認識票——いわゆるドッグ・タグを模したものでしょう。そこにはあなたの名前も刻まれているんじゃないですか」

ふとそんな言葉を投げかけた。

言われた通り、僕は押しつぶされそうな気分だった。体の奥底で震えが止まらない。汗がふつふつと湧《わ》き出て、髪のなかや腋《わき》を流れ伝うのが分かる。きっと顔色も最悪だろう。

「ただ、通常の認識票と違うのは、横に小さな留め金がついてますね。金属板が二枚重ねになっていて、ロケットのように開閉できるようになっているようですが、なかに入れているのはやはり写真でしょうか。……そういえば、性犯罪の常習者は犯行の都度、メモリアルとなるものを持ち帰るケースが多いことが知られています。一種の戦利品ですね。それは被害者の所有物であったり、毛髪などの肉体の一部であったりしますが、また写真というかたちで残すケースも珍しくありません。今回の少女殺しの犯人の場合はどうだったでしょうね」

「……どうしてそういう理屈になるんですか」

僕はやっとのことで声を絞り出した。

「どうして……そんな……こんな馬鹿《ばか》なこと……」

「分かりますよ。普通なら一介のにわか探偵に犯人がつきとめられるわけがないのに、こんな馬鹿げた偶然があってたまるかと仰言りたい気持ちは。確かにその意味では、僕が法外な幸運に恵まれていたことは認めます。ただし、そのすべてを単なる偶然と片づけるのも事実を言いあててはいません。端的に言って、あなたが僕のところに来たのは、ある意味で必然だったのですよ」

「……そんな馬鹿な……」

僕はそれだけは否定できると思った。初めから僕がこの医者に操られていたのでない限り。いや、仮に操られるままにこの医者を訪ねたとすると、やっぱり彼は最初からすべての真相を見抜いていたことになってしまう。だからそれはない。そうでないことは本人も認めているのだから。だったら必然なんてことはあり得ない。そうだ。どう考えてもあり得ない。単なる偶然だ。万に一つもないような恐ろしい偶然——。そんな想《おも》いをぐるぐると巡らせている僕を、天野先生は労《いたわ》りと憐《あわ》れみの混じった笑みを湛《たた》えながら見つめている。もうすべてを語り終えたというように、その口から次の言葉が出てくる様子はない。聞こえるのは僕の手のなかのペンダントと鎖のたてるチャリチャリという音ばかりだ。終わり？　本当にそれでみんなおしまい？　先生の沈黙がこんなにも重々しく僕の肩にのしかかってくるなんて思ってもみなかった。何か言ってくれ。話をこれで終わらせないでくれ。そうだよ。話をはじめたのはあんたじゃないか。こんな介錯《かいしゃく》一歩手前のところで刃《やいば》をおさめないでくれ。

いいよ。分かった。言ってやろう。あんたの慧眼《けいがん》通り、このタグのなかにあるのは写真だ。僕が愛《め》で、支配し、愉《たの》しみ、奪いつくし、それ故《ゆえ》に僕だけがそれぞれの存在の全価値を語り得る四人の少女の写真。だからこれだけはどうしても、どんな手段を講じても回収しなければならなかった。この聖餐《せいさん》を続けるために。魂が心底顫《ふる》えおののき、恍惚《こうこつ》のなかに溶けていくあの至上の時間を確保するために——。

けれどもその言葉は僕の口から出なかった。ヌラヌラした気味悪い汗だけがいくらでも噴き出して、顳顬《こめかみ》や腋を流れ落ちていく。気がつけば部屋はひどく薄暗く、いつのまにか日射《ひざ》しが厚い雲に遮られてしまっているようだった。それとも、もう日没の時間なのか。もうそんなにも時間が過ぎてしまったのだろうか。

「眼を醒《さ》ましてください」

不意に天野先生の声が響きわたった。

「眼を醒ましてください」

体毛を震わせるほど張りのある大きな声だった。

「あなたは――」

その声が急に再生速度をさげられたように低く窄《すぼ》まり、最後はよく聞き取れなかった。え？　何だって？　今、何と言ったんだ？　けれどもその問いも声にならず、僕はひたひたとひろがる薄闇《うすやみ》に溺《おぼ》れていた。

そうだ。溺れている。息ができない。僕は藁《わら》にも縋《すが》る気持ちで先生の口もとを見ようとした。けれども口はおろか、顔全体が陰になっている。いや、体の輪郭すら淡くぼやけて、周囲の闇との見分けもつきにくかった。そんな影法師になった天野先生の声が、

「眼を――醒ま――し――て――――」

言葉の内容とは裏腹に、眠りを誘うようにスローモーになっていく。それに伴ってどんどん響きもぼやけて、とうとう鼻づまりの老人の念仏みたいになった。

何だって？　眼を醒ませ？　僕は眠っているというのか？　これは夢？　だとしたら、いったいいつから？　もしかしたら初めから全部？　だったら僕も早く夢から醒めたい。これが夢だったことをはっきり自覚して、安堵《あんど》の胸を撫《な》でおろしたい。

助けてくれるんだよな、先生。

先生——。

声はもうすっかり蒲《ふ》団《とん》から空気が抜けるようなもふもふした音になってしまっている。人がぼやけるとその声も輪郭が失われることを僕は初めて知った。まるで描いたばかりの墨絵を水に浸したみたいだ。醒めない？　自分では夢を醒ますことができないのか？　それならいっそのこと、もっと深い眠りの底に沈んでしまいたい。夢さえ見ることのない深い眠りに。いや、もしかしたら僕は今そちらに向かっているのだろうか。このまま闇はどこまでも深まり、何もかも見分けがつかなくなってしまうのだろうか。あらゆる形と形、声と声、物と物、事と事の区別がなくなってしまったなら、もはやそこに夢なんてものが成立するはずもない。そんななかで、僕はあの至上の法悦を抱きしめながら横たわるのだ。そうすれば法悦だけが世界を充《み》たし、たとえ僕が僕でなくなっても世界は悦《よろこ》びに顫えるだろう。

静かだ。もう何も聞こえない。周囲はわずかに濃淡のある闇がどろどろと渦巻いているだけだ。暗い。どんどん闇が深くなっている。今はねっとりと闇の貼《は》りつく感触が残っているが、やがてそれも消え去ってしまうのだろう。

暗い。

本当に真っ暗だ。

もう一点の光さえない。

何とかあの至福を呼び戻さなければと思ったが、既にその気力さえなかった。まあいいか。この平坦な安寧も決して悪くはないから。

ああ、何だったんだろう。

先生はいったい何を言おうとしたのだろう。

そんな想いがふと頭をかすめたが、それもすぐに蠟燭《ろうそく》の火のように吹き消されると、完全な無に被《おお》いつくされた。

舞台劇を成立させるのは人でなく照明である

真っ暗だった。

鼻先も見えない漆黒の闇《やみ》がどこまでも果てしなくひろがっていた。まるですべての星ぼしが燃えつき、光を失ってしまったはるか終末の宇宙のように――。

けれどもそれは外界ではなく、頭蓋《ずがい》の内側の事情に過ぎなかったのかも知れない。ふと気づくとぼわっとした淡い光が滲《にじ》むように浮かびあがり、しばらくその状態が続いたかと思うと、ピンスポットが落ちるように次々人影が照らし出された。

人影の数は五つ。全員男だ。みな同じグレーの布張りの肘掛《ひじか》け椅子《いす》に座っている。大理石の円卓を囲んではいるが、きちんときれいに輪をなしているわけではない。ただ、その配置の具合から、その場の中心人物はウェーブがかった髪の三十半ばの男であることが見て取れた。

その男が一座をゆったりとひとわたり見まわし、満足そうに頷《うなず》くと、

「今日は皆さん、よく集まって戴《いただ》けましたね。お一人お一人ならともかく、四人全員揃《そろ》ってとなると、僕もいささか調整にひと苦労でした」

そんな挨拶《あいさつ》めいた言葉を切り出した。

「あのう、天野先生」

と、いちばん若い、まだ未成年と見える男がオズオズ口を開いた。

「これって、集団療法か何かなんですか」

すると天野先生と呼ばれた男は屈託なく歯を見せて笑い、

「まあ、そのようなものだと考えて戴いてもいいでしょうか。しかし、それよりもまず僕としては、皆さんに纏《まつ》わるお話をお互いに知って戴き、さらにそれぞれがどんな人物かを確かめあって戴きたかったんです。何しろ、いずれも面白い――と言うと、ご当人の前では不謹慎になってしまうケースがほとんどですが、バラエティも様ざまながら、それぞれ極めて興趣に富んでいるのは事実でしょう。いかがですか」

そう言って再びゆったりと視線を巡らせた。それに答えたのは二十代半ばらしい男で、

「ええ、確かに。僕の体験なんか、較《くら》べられるのも恥ずかしいくらい、まるでたいしたことがないっていうか。なかにはちょっと信じられない内容のお話もありました

ね」

言いながら同年輩の男を横目で窺《うかが》い、

「それに――」

躊《ためら》いがちにチラと眼を向けた先は、天野以外ではいちばん年長の三十過ぎの男だった。その気配を感じ取ったのか、三十過ぎの男は冷ややかな表情を動かさず、肩の凝りをほぐすような仕種《しぐさ》で小さく首を左右に傾けた。

そこで天野が軽く手をあげ、

「ひとついいでしょうか。ここでそれぞれお名前を名乗りあうという選択もあるでしょうが、なかにはそれを望まない方もいらっしゃるでしょう。幸い――というか、僕があえてそうした部分もありますが、事前に皆さんにお配りしたテキストのなかには、それぞれのご当人の名前は出てきていません。ただ、名前を伏せたままではこの先スムーズに会話を進めにくいということもあるでしょうから、各テキストのタイトルから取って、鬼ごっこさん」と、いちばん若い男に、

「映像さん」と、さっき喋《しゃべ》った二十半ばの男に、

「ハナクビさん」と、やはり二十半ばのいちばん暗い顔をした男に、

「そしてゼロさん」と、三十過ぎの男に、それぞれ首を向け、

「ネーミングセンスにご不満はおありでしょうが、こんなふうに仮名で呼びあうのがお互いに分かりやすくていいんじゃないでしょうか」

そんな提案を投げかけた。

「鬼ごっこさんかあ。いちばん名前らしくないけど――いや、僕はいいですよ」

「僕も別に異存は」

映像と名づけられた男も答えた。ハナクビとゼロは無言のままだったが、天野はそれを了承と受け取ったらしく、

「では、その上で、映像さんのお話が途中のようでしたが」

水を向けられた映像は慌《あわ》てて手を振り、

「いや、別に、あえて続けるようなことじゃないんですが……ただ、その……読ませてもらった話によると、ゼロさんは――」

その言葉に、初めからずっと冷ややかな笑みを湛《たた》え、斜に構えた雰囲気を漂わせていたゼロが、

「連続少女暴行殺人犯がどうして野放しのままここにいるのかってことだな」

やはり笑みを浮かべたままそう言った。

「しかし、それは俺じゃなくて、むしろ天野先生に向けてもらいたい疑問だね。どう

して警察に突き出しもせず、野放しにしたままで、その上、こうして他人に引き会わせたりしているのかと——。まあ、俺自身、それを訊《き》かずにいたのは、やっぱり恐《こわ》かったからかも知れないな。だから、医者の守秘義務とはそういうものなのか、それともそうしないのは天野先生個人の信条なのか、俺も量りかねているのが現状なんだがね」

天野がそれを受けて、

「こちらにお鉢がまわってきましたか。まあ、考えれば、こういう集まりを企画したときから、そこの部分は避けて通れない運命でしたね。いえ、そこまでを守秘義務に含めなければならないということはないですし、かと言って、警察なんぞの手助けをする気はないという反権力的な考え方の発露でもありません。あくまで一人の医者として、まだ問題を司法の手に預けてしまう段階ではないと判断した上のことです。ええ。まだまだ深く見極めなければならない部分もあるし、医者としての働きかけの余地も残されているとですね。だから、どうして他人に引き会わせまでしてという疑問にも、そうした見極め、働きかけの一環と考えてもらっていいでしょう。そして、そのことは何もゼロさんに限った話ではありません。ほかの方がたに関しても同じなんです」

その締め括《くく》りの言葉に、最も露《あら》わに反応したのは鬼ごっこだった。眼をパチクリさせ、お前も追試組の一人だと言い渡された生徒のようにドギマギしていたが、

「そうか。まあ、僕も先生からすれば診療途中の患者にほかならないですもんね。何しろ、今の自分の記憶も曖昧《あいまい》だし、過去にあった大きな事件も思い出せないし、このまま放っておいたら悪化してどんなふうになっていたか分からないっていうんだから」

　すると映像も、

「それは僕も似たようなものですね。まあ、僕の場合は何とか過去の記憶を取り戻せはしたものの、そのぶん罪悪感とまともに向きあうことになってしまったわけで。でも、そういうことではハナクビさんがいちばん大変そうですね。素人《しろうと》が口を挿《はさ》むのも失礼ですが、お話を読ませてもらった限りでは、最後のほうはかなり混乱されているようですし、いったいどこまでが実際のことなのか。少なくとも書かれている通りに受け取るわけにはいかないですから」

　そう言って反応を待ったが、ハナクビは生気の抜けた憂鬱《ゆううつ》な表情のまま、床に落とした視線を動かそうともしなかった。それで天野のほうに顔を向け、

「まあ、どのみちああいうことが起こったのなら、喋る気にもならないのは無理ない

ですが……こんな場に顔を出して大丈夫なんですか？」

「確かにショックによる抑鬱的な心因反応から脱していない状態ですが、それを改善するためにも、この集まりは一定の効果があると考えています」

「ならいいんですが……ハナクビさんのお話について、天野先生はどう解釈されてるんですか。だって、あのなかではまるで先生がメフィストフェレスみたいな感じに書かれてるじゃないですか。それが気になって——」

天野はちょっと鼻白んだように笑って、

「主観的には、ハナクビさんがあの通りのことを体験したのは確かでしょう。メフィストフェレスに准《なぞら》えられるのは面映《おもはゆ》いですが、ハナクビさんの精神科医に対するイメージと、そこに僕との私的な位置関係も加味されて、あんな摩《ま》訶《か》不思議な役柄が設定されてしまったのでしょうね。ほかの方がたのお話にも〈恐るべき洞察力〉などといったことが書かれていますが、それは買い被《かぶ》りというものですよ。従って、正確な事実関係ということになると僕にもよく分からない部分が多いし、それはほかの方がたに関しても同じなので、その点についてはひとまず保留ということにさせておいてください」

「それにしては、ゼロさんの件に関してはずいぶん実地に動きまわられたようですが……。いえ、そういうことならそれでいいんです。とりあえず、あのまんまのことが起こったんじゃないというのをはっきりしてもらえば」

映像が言うと、

「あのまんまじゃ、ホラーかＳＦだもんな」

と、鬼ごっこも口を添えた。

「それで、事実関係はあとまわしとして、これから僕らにどうしろというんですか。悩みを抱える人間が何人も寄り集まって、それぞれの体験を語りあったり、共有したりするのが、それぞれの救いや癒《いや》しになるというのは、ドキュメンタリーで観《み》たりしたこともあるので何となく分かるような気もしますが、僕らの場合はもうそれぞれの話をお互いに承知してるわけでしょう。それぞれ、もうこれ以上つけ加えることもあまりなさそうだし――。感想でも何でもとにかく会話をすることで親しみが深まれば、共感がより強くなるってことですか」

映像の言葉に、天野は大きく眼を見開き、

「そこまで呑《の》みこんでおられるとはいささか驚きですね。話が早い反面、少々やりにくいとも言えますが。……いや、冗談ですよ。普通の集団療法なら、確かにそういった運びになります。僕はあくまでサポート役に徹してですね。しかしながら、今回の場合、全員がこうした場に未経験でもあるし、僕もあえて事前の説明をせずに召集したために、それぞれの物語にテーマを絞るにせよ、そこから離れたフリートークにせよ、メンバーどうしの直接のやりとりはなかなか円滑にいかないでしょう。そこで、この場は僕が中心に立って、進行役と中継役を受け持つことにしたいと思います。言わば、各人とのカウンセリングを一度にこの場で行なう感じになりますが、いかがでしょう」

「いいんじゃないですか。そのほうがこちらも気が楽ですし」

その横で鬼ごっこも頷くと、天野はやはり二人の反応だけで全員の了承を得たかのように話を進めた。

「では、まずそもそもの前提からお話ししましょう。皆さんの物語は、その種類はまちまちながら、それぞれに極めて深刻な事件を体験したというものです。ただ、それらが見かけ上と同様、本当に全くバラバラの出来事なら、こうして集まって意見や感想をいくら交換しあったところで、通常の集団療法以上の効果は期待できないでしょう。ええ、僕はこの集まりに通常の集団療法以上の成果を見こんでいるのですよ。というのは、つまり、僕が皆さんの体験に大きな共通項を見ているからですね」

「共通項？」

と、口を挿んだのは鬼ごっこだった。

「それはどういうことですか。そりゃあ、僕と映像さんの場合は、映像さんは思い出せた、僕はまだという違いはあるけど、どちらも消された過去の記憶という共通項はありますよ。だけどハナクビさんとゼロさんはそういうのと関係なく、現在の出来事だけじゃないですか」

　すると天野はしたりと頷き、

「いい点を指摘して戴きました。そういう意味でいちばん明瞭《めいりょう》で分かりやすい共通項を持つのは、鬼ごっこさんと映像さんの物語です。仰言《おっしゃ》る通り、それは封印された過去の記憶ですね。映像さんは現在起こった事件のなかでそれを取り戻すことができました。それに対して、鬼ごっこさんは過去どころか、夢の話をした最近の出来事までが新たに記憶から抹消されている。そういう点ではかえって対照的ですね。もちろん精神的負荷への耐性は人それぞれですが、そんな二段構えの封印からしても、鬼ごっこさんの過去の出来事の深刻さが映像さんに勝るとも劣らないものであることが推察できるわけです」

「そんなふうに言われると、何だか気が滅入《めい》ってくるなあ。いったいどんな恐ろしい記憶なのかと思うと、思い出さないほうが幸せなんじゃないかって」

鬼ごっこは憂鬱な顔で下唇を突き出したが、しかしすぐに、

「いやいや。でも、それはそれで不安だし、自分が気持ち悪いし、やっぱり思い出したいです」

と、慌てて訂正した。

「そうでないと、こちらもよけいなお世話になってしまいますからね。ともあれ、実のところ、勝るとも劣らないどころではない。結論から言ってしまえば、お二人が遭遇したのは同じ事件なんですよ」

それには鬼ごっこと映像の二人も、しばしポカンと口を開いた。

「え？同じ事件？　調べたんですか。そりゃあ身元は分かってるんだから、調べるのはそれほど大変じゃないでしょうが。……ああ、そうしたら、鬼ごっこさんもあの町にいたことが分かったわけか。うーん、それはまた、何ていう偶然だ」

映像はそう言って膝《ひざ》を叩《たた》いたが、鬼ごっこのほうはなおもオロオロと首を左右に振っていたかと思うと、

「そうか……気になってた。気にはなってたんだ。あの町の描写に、何だかデジャブみたいなのを感じて……。あの町に僕もいた？　あそこで……あの事件に……」

そして突然激しい電撃を喰らったように表情が強張《こわば》ったかと思うと、頭をきつく抱

えこんだ。

「女の子が殺されて……ああ、そうだ……女の子が……男の人に……男の人に……僕は……どうした？……ああ、何てことだ……僕は……逃げ出した！」

叫ぶなり、床に顔をくっつけんばかりに屈《かが》みこむと、ゲロゲロと咽《のど》を鳴らして吐きはじめた。身を捩《よじ》りながらの激しい嘔吐《おうと》だった。出しぬけの展開に、映像はすっかり度《ど》胆《ぎも》を抜かれたようにオタオタと手を束《つか》ねている。けれども天野はかすかな笑みこそひそめたものの、まるでそうなることを予想でもしていたのか、そっと首を突き出してその様を眺めるばかりだった。

ひとしきり身を捩り、すっかり吐《と》瀉物《しゃぶつ》がなくなっても、なおも胃自体を吐き出そうとするかのように嘔吐を続けていた鬼ごっこだったが、しばらくしてようやくその発作もおさまったらしく、涙に暮れた顔をゆるゆるとあげて長い長い溜息《ためいき》をひと息つくと、

「そうだ……僕は逃げ出した……女の子が……由紀ちゃんが男の人に乱暴されているのを見たのに……おまけに、そのことを誰にも言わずに黙っていた……恐かったから……喋ったら自分もあの男に殺されるような気がして……恐くて恐くてたまらなかった……犯人がつかまったと聞いたあとも、今度はそのことを黙っていたことが恐くな

って……ゴメンよ……ゴメンよ……由紀ちゃん……」

そう言って、両手で顔を覆《おお》って泣きだした。そのあともしばらくその様を眺めていた天野は、

「そうなんです。鬼ごっこさんは、映像さんが関わった秋元由紀ちゃん殺人事件に、別のかたちで関わっていたんです。由紀ちゃんが今まさに乱暴され、殺されようとしている現場に遭遇したのに、そのまま逃げ帰って、しかもそのことを誰にも言わないままでいてしまった。犯人が――実際には、無関係の人物が冤罪《えんざい》を科せられただけなのですが、とにかく犯人がつかまったと聞いたあとも、今度はそうやって黙っていたこと自体が恐くなったというのも、子供の心理としてはさほど不自然ではないでしょう。いや、大人ですら、後腐れを恐れて事件を目撃したのに見て見ぬふりする人は多いですからね。むしろ、そのだんまりに何とでも理屈づけして、自分を言いくるめることができる大人と違い、子供はまともに罪悪感を背負いこんでしまう。こうして胸を絞めつけ、身を苛《さいな》みながらどんどんふくれあがっていった罪悪感が、ついには事件に纏わる記憶をまるごと封印してしまった。そのあたりのメカニズムは映像さんの場合と全く同じです。ところが封じこんだはずの罪悪感が長い年月を経て無意識の奥底から染《し》み出し、それが鬼ごっこさんのあの夢――女の子を見殺しにしてしまった夢へ

と反映されたんですよ」

その説明を聞き終わったあともしばらく痛ましい顔で視線を落としていた映像だったが、ふとその眉間《みけん》に縦皺《たてじわ》が刻まれ、

「同じあの事件に——。え？　じゃあ、もしかすると……」

そう呟《つぶや》きながら、視線をゆるゆるとゼロのほうに向けた。

「お気づきになりましたか。そうです。その事件に関わっていたのは映像さんと鬼ごっこさんの二人だけではない。ここでさらに結論を言ってしまいましょう。皆さんの物語は、すべてが映像さんの体験した事件——由紀ちゃん暴行殺害事件によって繋《つな》がっているのです」

「……じゃあ……じゃあ……ゼロさんがあの事件の真犯人……？」

映像の顔がみるみる蒼褪《あおざ》めていく。泣き暮れていた鬼ごっこも、さらにはこれまでほとんどよそに眼を動かさなかったハナクビさえもがゼロに視線を集めたが、そんななかで、ゼロは初めからの冷ややかな笑みを隠そうともしなかった。

「ゼロさんはとうにお気づきだったでしょう。それが自分の起こした事件であることに。十六年前という経過時間から考えて、最初に手を染めた事件という蓋然性も高いですね。だとすれば、あなたにとっては記念すべき事件だ。ほかの方がたと違って、

忘れるはずがない。今も首から提げておられるドッグ・タグには、秋元由紀ちゃんの写真も挿みこまれているのではないですか」

問われてゼロはその金属板に手をやり、フフッと小さく鼻で笑った。

「どこまでもお見通しなんですね。……そうだな。忘れるはずがない。あれがすべての始まりだった」

そこで映像がはっと眼を見張って、

「そうだ。十六年前！　その男が何歳か分からないが、見かけはせいぜい三十過ぎくらいじゃないか。とすると、あのとき、そいつはまだ高校生だったのか？」

するとすかさず天野が、

「年齢の問題に関しては、あとで纏《まと》めて言いたいことがあるので、これもひとまず後まわしでいいでしょうか」

そんな言葉にいささか気勢を削《そ》がれた恰好《かっこう》になったが、

「こいつが、あのときの――」

背を屈めたまま、上目遣いで呻《うめ》く鬼ごっこととともに、憎悪《ぞうお》と嫌悪の眼差《まなざ》しをゼロに向けた。

「別に釈明も陳謝もしないさ。あれは俺という人間の存在証明だからな。そんな上等ぶった言葉が厭《いや》なら、単なる病気と言ってしまってもかまわない。発覚すれば処罰なり治療なりが下される。それだけのことだ。だから俺からあんたたちに何か言えるとしたら、俺のために罪悪感や自己嫌悪を抱えるのは無意味だし、馬鹿《ばか》らしいし、滑稽《こっけい》ですらあるってことだけだ」

ゼロは強いて露悪的なふうでもなく、淡々とそう語った。

「……ふざけるな」

絞り出すような鬼ごっこの声。覗《のぞ》きあげる眼が憎しみに燃えている。そんな張り詰めた空気がしばしその場を支配していたが、ふと映像が小首を傾《かし》げて、

「そういえば、ハナクビさんはあの事件にどう関わっていたんですか」

天野に疑問を投げかけた。

「当然行きあたるべき疑問ですね。実は、そこが大きな問題なんです。ひとつの結論から言ってしまえば、ハナクビさん自身があの事件に関わっていたという構造にはなっていません。そこが極めてややこしく、デリケートなんです」

「構造……？」

映像がその言葉を聞き咎《とが》めた。

「ええ。構造というほかありません。ハナクビさんのあの物語には、三輪江梨香、妹

の紗季さん、その恋人の菱川禄朗という人物が登場します。そしてその三人は、映像さんの過去から現在に至る事件の複数の登場人物が、複雑に組み換わったり重なりあったりして投影されているのです」

「……何を言ってるんですか？」

映像だけでなく、鬼ごっこも眉《まゆ》をひそめながら視線を天野に移した。そして当のハナクビもぎょっとしたように眼を剝《む》いた。

「確かにいきなりこんなことを言っても困惑されるだけですよね。そのあたりの事情を説明するためには、まず、ゼロさんの役割から考えていかなければならないでしょう」

「役割……？」

再び首を傾げる映像に、

「ええ。そうです。ゼロさんの物語では、ゼロさんは現在の事件の犯人であり、なおかつそれ以前に、物語の隠れた背景だった連続少女殺害事件の犯人でもありました。そしてそのことによって、映像さんの物語の事件もその連続殺人の一環である蓋然性が暗示されている。暗示、すなわち明示です。そこにおいて、ゼロさんは由紀ちゃん暴行殺害事件の真犯人であることが明かされ、ゼロさんは映像さんや鬼ごっこさん、そして誰よりも、映像さんの物語の登場人物である由紀ちゃんの姉の秋元奈央、そして冤罪で獄死した奥田惣一の娘である川島由真といった人びとの怒りや憎しみを一手に引き受けることになる……」

そこまで語った天野に、映像がちょっと待ってくださいというように割ってはいって、

「やっぱり何のことか全然分かりません。だいいち、暗示って何ですか。そいつが連続少女殺しの犯人だってことを暴《あば》いたのは先生でしょう？　そいつが正体を暴いてほしくて先生のところに来たというならともかく、誰も暗示なんてしてないはずですよ。そいつが先生のところに来たのは全くの偶然なんですよね？　それとも、まず先生がたまたま知った話から真相をつきとめて、犯人であるそいつを自分のところに来るように仕向けたってことなんですか？　それにしたって、どっちみち、暗示がすなわち明示だなんて言いまわしは、もうまるで意味不明です」

懸命に理路をつくすようにして反論した。

「ええ。その異議申し立ては全くごもっともです。ただ、ゼロさんがあの物語にあったように既に僕と面識を得ていたのは、偶然ではありません。かと言って、映像さんが指摘されたように、真相をつきとめた僕がゼロさんを捜し出して接触を図ったとい

うわけでもないのです。だからこそ、あの物語が暗示であり、明示でもあり得たわけなんですが……こう言っても何のことかお分かりになりませんよね。では、ここで最終的な結論を告知させて戴きましょう。ここにいらっしゃる皆さんは全員が、ある個人が陥った解離性同一性障害――いわゆる多重人格によって生じた交代人格なんです」

天野が言い切ると、一瞬の沈黙がその場を支配した。そしてすぐに様ざまな色合いの驚きの表情とともに、「え？」という声が折り重なった。その反応は四人とも例外でなかった。

「まさか、そんな！」

「馬鹿な」

「いや、嘘《うそ》だ。嘘だ！」

「信じられない」

口ぐちにあがるそんな声に、

「そう。にわかには信じられないでしょう。これまでの自分の存在や軌跡を根こそぎ否定されるのですから。通常は交代人格のなかに、複数の人格の全部、もしくは一部を認識・俯《ふ》瞰《かん》している人格が生じることが多いのですが、皆さんはそうではないのでなおさらですね。けれども、このことは是非とも信じてもらわなければなりません。そのためにここではっきりと申しあげますが、僕にとっては、皆さんが同じ人物の交代人格であることは全く自明なのです。なぜなら、僕の眼の前には初めから一人しかいないのですから」

「そんな……そんな」

「冗談でしょう？」

「嘘だ、嘘だ、嘘だ」

「信じられない」

と、四人はなおも口ぐちに天野の言葉を打ち消そうとした。

「ですが、僕がこう言ってしまったことで、何となく腑《ふ》に落ちる部分を感じていらっしゃるのではありませんか？　そう、きっと感じていることと思います。もともと皆さんはそれぞれの物語を持ち出す以前から、自分が自分でないような感覚や体験――これも解離の症候としてひとつの特徴的な典型ですが――を、共通して端ばしに吐露しておられました。ただ、通常、交代人格はその都度別々に登場し、決して同時に現われることはありません。ですので、こうして四人全員がひとつの場に顔を揃えるように工夫し、準備するにはひとかたならぬ苦労がありました。もう一度繰り返しますが、あなた方は一人の人物から、その人物の精神的危機を回避するために、それぞれの役割を持って生み出された交代人格なのです。僕からのこの説明を踏まえ、どうか落ち着いて、くれぐれも冷静沈着に、ご自分とこの事態状況を眺め渡してみてください」

それでもしばらくは否定を試みる言葉が投げ交わされていたが、次第にそのトーンは低く沈み、やがてかすかな呟きを経て沈黙へと移行していった。

「そう。信じてもらわなければなりません。いや、信じるばかりでなく、心底から納得し、受け容《い》れて戴かなければならないのです。なぜなら、少なくともあなた方のこのケースの場合、もとの主人格の真の救済のためには、いったん統一性を失い、分裂してしまった諸人格自身かつ諸人格間の、自分が消えることによって主人格の発展的再統合がなされることへの理解・共感・融和・受容が必須《ひっす》だからです」

そして天野はひと息置いて、

「それでは、まずゼロさんから。先ほども指摘した通り、ゼロさんの役割はいちばんはっきりしています。もちろん由紀ちゃん殺害の真犯人として、主人格の怒りと憎しみをぶつける対象としてですね。しかし、ただそれだけではありません。真犯人が見つからない状況が続く限り、秋元奈央や川島由真といった人物、そして誰よりも由紀ちゃん自身の怒り憎しみの行き場は失われたままで、そのためにどうしても、とりあえず眼の前の鬼ごっこさんや映像さんなどといった立場の人物へと、怒り憎しみが散乱してしまう事態を引き起こします。これは誰にとっても救われない状況ですね。真犯人が特定されてこそ、そうした人びとの怒り憎しみの対象がそちらに向けて一本化され、主人格もそのぶん後悔や後ろめたさや罪悪感から解き放たれるのですよ。というわけで、真犯人の役割を受け持つ人格の登場は絶対の要請でした。かくしてゼロさんは生み出されたのです。そしていったんあなたの登場によって怒り憎しみの筋道がつけられた今、既にあなたの役割は果たされました。そうである以上、現在あなたに求められているのは、ご自身が消えることによって完結へと導かれる主人格の救済なのです」

天野はそっと最後を締め括った。

長い長い沈黙が続いた。その間、ゼロの表情はかすかな冷笑を湛えたまま動かなかった。そして三分ほどそれが続いたのち、ふとその笑みの度合いが大きくなったかと思うと、

「役割は終わった——か。ずいぶん残酷なことを言ってくれるね、先生」

ぽつりとそう呟いた。

「いや、いいんだ。いいんですよ。別に恨み言ってわけじゃない。主人格とやらであれ何であれ、俺のこの存在が誰かのためになったというなら、それだけでむしろ本望だ。性犯罪者としての栄光と悲惨も充分に味わいつくしたし、少なくともこの先は早々に消え去るのがいちばんだと俺も思う。……あはは。全くおかしな人生だったな。……じゃあ、お世話になったね。さよなら、先生」

その言葉とともにスポットライトがゆるやかに消え、ゼロの姿は闇に呑みこまれた。潔《いさぎよ》いといえるほどの消失ぶりだった。「あ」という形に口をあけたまま、残りの三人はその退場を見送った。

「では、次にハナクビさん」

天野に名指されて、ハナクビは大きく眼を見張った。その表情には確かに怯《おび》えも混じっていた。

「ハナクビさんの役柄と物語は先ほども申しあげたように極めて複雑ですが、役割そのものは単純明快に言いあらわせます。それは、由紀ちゃん殺害事件の関係者すべてに想定される苦悩を一手に引き受けるという役割です。実際、あの物語でのハナクビさんの命運は悲惨極まりないものでした。そうして実際の事件を転写・編纂《へんさん》・凝縮・増幅した事件のなかで、すべての苦悩を肩替わりするあなたの人格を立てることで、主人格が抱えていた苦悩は大きく割り引かれたでしょう。そしていったん軽減がなされた今、やはり、既にあなたの役割は果たされたのです」

　天野は再びそっと締め括った。

　ハナクビは少し泣きそうな顔で、やはりしばらく押し黙っていた。そしてすべての空気を吐き出そうとするかのような大きな溜息をつくと、

「いいですよ。この記憶が実際のものじゃないと言われても、僕にとっては現実以外の何物でもない。こんな気持ちを抱えてズルズル生きのびるよりは、消えて人のためになるってほうがはるかにましですから。……あまり喜んでそうするってふうには見えませんか。そりゃあやっぱり、消えてなくなるっていうのは本能的に恐いって気持ちが動いちゃいますからね。でも、それでいいっていうのは嘘でも強がりでもありません。ええ。さっきまでは混乱が尾を曳《ひ》いてましたが、もうすっかり覚悟もつきました。それでは……これまで有難うございました。先生には本当にお世話になりました。……本当に……」

　その声が急に弱々しくなったかと思うと、再びスポットライトがゆるやかに消え、ハナクビの姿も闇に呑みこまれた。四人のうち二人までが消えてしまうと、その場の空気は格段に淋《さび》しさを増した。

「さて、残るお二人ですが――」

天野に顔を向けられて、二人は教師に指されるのを待つ生徒のような緊張の表情を見せた。

「お二人の場合は、それぞれの物語からだけでは、いずれもすんなり交代人格かどうかは判定できませんね。判定のためには、どうしても実際の事件の事実関係と照らしあわせる必要が出てきます。そして僕が調べた限りでは、実際の由紀ちゃん暴行殺害事件は、映像さんの物語に描かれた事実関係に極めてよく符合していました。もしかすると、事実かどうか確認不可能な部分で現実との齟齬《そご》があるのかも知れませんが、少なくとも僕が承知している範囲内では、事実に反する記述は見つからなかったですね。では、鬼ごっこさんの物語はどうかというと、それが事実であるかどうか、実証も反証も見つかりませんでした。もちろん、だからただちに鬼ごっこさんのほうに赤旗を揚げていいわけではありませんが、そこまでが事実である以上、最低限、次のような論証は可能でしょう。映像さん側から鬼ごっこさんのように〈現場を目撃しながら逃走・黙秘していた〉設定の交代人格を生み出すのは、単にそのような人物を捏造《ねつぞう》するだけで事足ります。しかし、鬼ごっこさんの側からはそうはいきませんね。映像さんのように、〈拾った小壜《こびん》をたまたま現場に残したために無実の人物を冤罪に陥らせてしまった〉設定の交代人格を生み出すためには、まずそのような出来事があった事実を知っておかなければならない。この違いは途《と》轍《てつ》もなく大きいですよ。実際のところ、鬼ごっこさん側の立場から、映像さん側の事実を嗅《か》ぎつけ、探り出し、つきとめることなどできるでしょうか。刑事でも探偵でもない一介の素人で、せいぜい僕とどっこいの調査能力しかないはずの鬼ごっこさんにとって、よほどの運の巡りあわせでもない限り、蓋然性は極めて低いと言わざるを得ないでしょう」

天野はそこでいったん唇を湿し、

「またさらに、こういう視点からも論証が可能でしょう。いいですか。鬼ごっこさんから映像さんを交代人格として立てても、結局は鬼ごっこさんの黙秘のせいで、冤罪という副次的な重大事態まで引き起こしてしまったことになるのだから、鬼ごっこさんの抱える罪悪感はますます深くなりこそすれ、決して割り引かれはしないはずです。それに対して映像さんから鬼ごっこさんを交代人格として立てた場合は、自分が不幸な引き金を引いてしまったのは確かながら、事態をさらに悪化させた人物が介在していたということで、映像さんの罪悪感はかなり割り引かれることになるでしょう。よって、鬼ごっこさんは交代人格であり、主人格の罪悪感を大幅に軽減する役割を背負うために生み出されたという結論に納得して戴けるのではないでしょうか。――ひと言つけ加えておくならば、映像さんと鬼ごっこさんのあいだの年齢差は、鬼ごっこさんが映像さんよりもさらに小さな子供と想定されたためかも知れませんが、それよりはもともと交代人格にとって年齢というのはあまり合理的な相関性に縛られない、自由自在なものであるせいと考えたほうがいいでしょう。——そして、鬼ごっこさん。いったん罪悪感の軽減がなされた今、やはり、既にあなたの役割は果たされたのです」

天野はそっと締め括った。

鬼ごっこはやはりしばらく声を失っていた。そして先ほどの涙のあとがまだ残っているのに初めて気づいたらしく、手のひらの底で丁寧に拭《ぬぐ》うと、ふうと気の抜けた吐息をついた。

「分かった。分かったよ。いや、もしかしたらこっちがメインの可能性もあるかと思ってたけど、そうじゃないのがはっきりしたなら踏ん切りもついた。それにさっきのハナクビさんじゃないけど、これからずっとこんな気持ちを抱えてるくらいなら、さっさと消えたほうが全然マシだよ。ただ、まあ……未練じゃないけど……いや、いいんだ。そうと決まれば、早いほうがいい。そうだろ？　じゃあ、先生。いろいろ有難う。行くよ」

声がふと遠のくと同時に、再びスポットライトがゆるやかに消え、鬼ごっこの姿も闇に呑みこまれた。残ったスポットは映像と天野の二つだけになった。

「最後に、映像さん」

天野が真正面に向きあって呼びかけると、映像はかすかに肩を震わせ、怪《け》訝《げん》そうにきつく眉根を寄せた。

「え？　あの……さっきの話では、僕が主人格ってことじゃないんですか」

「いいえ。初めに交代人格は皆さん全員と申しあげた通りです。先ほども、映像さん側の物語、鬼ごっこさん側の物語という対比をしたはずで、映像さん側の物語がどれほど現実に即しているにせよ、そのことがただちに映像さん＝主人格を意味するものではないのです。何しろ、あなたの物語に登場人物は多いですからね」

その言葉にやや肩を落としたものの、映像は軽くぴしゃりと自分の頬を叩き、むしろサバサバした顔をあげてみせた。

「そうですか。ついつい淡い期待を抱いちゃって。それならそれで仕方ないですが、でも、そうすると誰が――」

そしてすぐに首を横に振り、

「いや、それは聞かないでおこうかな。前の三人も聞かないまま行ったんだ。僕だけ聞くのは不公平ですもんね。それに、先生もずっとそのことを伏せたままにしているのは、下手にそのことを知らないほうが僕らが消えやすいと考えてるからじゃないですか。……あはは。どうです。僕もなかなかのセラピストでしょう？　ええ。先生がそう考えているなら、きっとそうに違いありません。交代人格の僕なのに、あのままだったらずっと怯えて暮らさなければならなかったのを、先生は恐怖のもとを根っこから取り除いてくださいました。本当に感謝しています。そう。ほかの三人も、相手が先生だから素直に言われたことを受け容れられたという部分が大きかったと思いますよ。先生にはそういう安心感というか包容力というか、人を惹《ひ》きつけて捉《とら》えてしまう力があるんですね。ただ能力的な高さだけじゃなくて、それこそが先生の精神科医としての最大の武器なんじゃないでしょうか。……ああ、すみません。素人が生意気なこと言って。もちろん、僕も異存はありません。誰のためにせよ、喜んでおさらばします。それでは、先生。先生ともう会えなくなることだけが心残りですが、さようなら。さようなら、先生――」

その言葉が尾を曳いて遠ざかると、スポットライトがゆるやかに消え、映像の姿も闇に呑みこまれた。

あとには天野の姿だけが残った。

その天野は足を組み、円卓に置いてあったタバコに火をつけた。そしてひと息深く煙を吐き出し、タバコを持ったほうの手で頬杖《ほおづえ》をついたまま、しばらく追憶に耽《ふけ》るかのように物悲しげな眼差しで闇を眺めていたが、半ば近くまで火が来たところで再び深く一服吸いこむと、

「さて、話はここで終わりではありません」

誰にともなく言いながら灰皿に捩じつけた。

「次は僕自身です。そうでないと完全犯罪にはならない。ええ、犯罪と言っていいでしょう。隠し、はぐらかし、詭《き》弁《べん》を弄《ろう》し、ミスリードし、あまつさえ殺害までしてしまった。そう、殺害です。比喩《ひゆ》と言えば言える―、それですませられないとも言える。……これは一種の禅問答に過ぎないでしょうか。しかし、ともあれ、僕も消えなければならないのは事実です。なぜなら、僕も交代人格の一人にほかならないのですから。いいえ。言っておきますが、天野不巳彦という精神科医は確かに実在します。ですが、僕はその本人ではありません。主人格はいつかどこかで天野医師の噂《うわさ》を、素晴らしい名医という評判とともに聞きつけていたのでしょう。そしてそのイメージをもとに、僕という交代人格を作りあげたのです。もちろん主人格の精神的危機を解きほぐし、癒し、救済に導く役割として。そのために、かなり探偵的な能力も加味されたの

は確かでしょう。先ほど、通常は交代人格のなかに、複数の人格の全部、もしくは一部を認識・俯瞰している人格が生じることが多いと言いましたが、僕の場合は役柄の点からもまさしくそうでした。かくして個々の人格との対話、すなわちカウンセリングがはじまったのです。

結果は——主人格の望んだかたちとはいささか異なるでしょうが、僕としてはまずまずのところに落としこむことができました。僕の能力ではこれ以上は望めません。限界です。そしてここで、僕は僕自身に宣告しなければなりません。望める最良の成果が達成された今、既に僕の役割も終わったのだと——」

天野はやはりそっと締め括る言い方をした。

「さて、ほかの方がたがすんなり潔く退場されたのに、僕がグズグズ未練たらしく引きのばすのはみっともないですね。ですが、もう一服くらいさせてもらってもバチはあたらないでしょう。実在の天野医師が愛煙家かどうかは僕も知りませんが——」

天野はそこでもう一本タバコを取り出し、今度はゆっくり時間をかけて慈《いつく》しむようにそれを吸いあげた。そしてほとんど根元まで煙にし、灰皿に手をのばしたところで、最後のスポットライトがゆるやかに消えて、周囲は完全な闇に包まれた。

真っ暗だった。鼻先も見えない漆黒の闇。まるですべての星ぼしが燃えつき、光を失ってしまったはるか終末の宇宙のような。けれどもそれは外界ではなく、頭蓋《ずがい》の内側の事情に過ぎなかったのだろうか。そんな想《おも》いさえたちまち溶けひろがり、無限に希釈されてあとかたもなく霧消してしまい――

そして誰もいなくなった。

切り札乱舞の短篇集

宮内悠介

最初に読んだ竹本作品は「ゲーム三部作」の『トランプ殺人事件』だった。当時、高校生。地下鉄サリン事件のあったころだ。これはすごいと友人に薦めようとして唖《あ》然《ぜん》とした。かつてない小説を読んだという確信だけはあるのに、それがどのような作品であるのか、ぼくはまるで説明できなかったのだ。

「トランプが題材で、天野《あまの》っていうカッコイイ精神科医が出てきて、とにかくラディカルなまでに思索的なんだよ！」――我ながら語彙《ごい》がなさすぎて嫌になる。

それから十五年。

ぼくは、竹本作品を多少なりとも説明できるようになったろうか。

＊

『かくも水深き不在』は精神科医・天野不巳彦《ふみひこ》をめぐる連作短編集。新旧の「竹本健治らしさ」がちりばめられており、ファンにはもちろん、はじめての読者にも薦めやすい一冊となっている。

収録作を順に紹介していくと、まず冒頭の「鬼ごっこ」は幻想的なホラー作品。鬼が棲《す》むとされる屋敷の探険中、仲間が一人また一人と消えていく。どちらかといえば、著者の初期の幻想短編を彷彿《ほうふつ》とさせる。

つづく「恐い映像」は一転して、現実に寄ったホラー作品となる。テレビCMに映る花の映像に強烈な恐怖を感じる「僕」が、やがてその花が咲く場所を突き止める。かつてその土地で、何が起きたというのか。

「花の軛《くびき》」はストーカーが題材。語り手がすごい勢いで病んでいくのが怖い。たぶん連作のなかで一、二を争うイヤな話なのに、ライトな語り口に萌《も》え系妹キャラと、『キララ、探偵す。』を思わせる。なんとも野心的な一篇だ。

四本目の「零点透視の誘拐」ではこれまた一転、スリリングな誘拐劇が描かれる。犯人有利で進んでいたはずの誘拐劇が突如中断され、人質も無事に返される。いったい、犯人の身に何が起きたのか。

以上が雑誌やデジタルコンテンツの掲載作で、これに書下ろし短編（単行本刊行時）

の「舞台劇を成立させるのは人でなく照明である」が加わっている。もうタイトルからして素敵。そしてこれが、本当にタイトル通りの内容なのであった。

全体的には、サイコホラー的な短編が多いだろうか。共通する題材は「人の狂気」と、（それこそ映画の『かくも長き不在』のように）「人の記憶」が挙げられそうだ。

もとより、「狂気」はほとんど著者のお家芸。たとえば『狂い壁狂い窓』では個人の狂気が、『闇《やみ》に用いる力学』では集団の狂気（すごいテーマだ）が扱われた。

もちろんそれだけではない。アクロバティックな話作りも健在だ。物語は呼吸するように二重三重にツイストし、読者の予想と正反対へ向かっていく――にもかかわらず、一見すると普通の話のようでさえあるからトボけている。竹本節である。竹本節といえば、アンチミステリ的な技の数々もこれまた健在。こんなに切り札使っていいの。そこに、内省的なまでの天野の「推理」が添えられるからたまらない。というより、竹本作品に天野という名が出たのである。これでタダで済むはずもないのだった。

ファンには周知の通り、天野は竹本作品における重要人物。ときおりシリーズ物に登場する名脇役《わきやく》的な存在だけれど、いずれも物語上の大きな役割を担《にな》っている。先にも触れたように、人間の「狂気」は著者のテーマの一つ。だからおのずと、精神科医である天野の役割も大きい。IQ208の囲碁棋士・牧場《まきば》智久《ともひさ》を「表の探偵」とするなら、天野は言うなれば「裏の探偵」だろうか。

著者のライフワークともいえる『闇に用いる力学』も、ちょうど最終シリーズの「青嵐篇」が佳境を迎えたところ。デビュー作『匣《はこ》の中の失楽』の新装版も刊行され、最新作の『涙香迷宮』で幾度目かのブレイクを果たしたのは皆さんご存知の通り。

竹本健治は思索をやめない。

（作家、「波」二〇一二年八月号より再録・一部改稿）

解説

新保博久

まだ本文を読んでいない読者への警告――

あ、短篇集だ、と手始めにいちばん短い、巻末の「舞台劇を成立させるのは人でなく照明である」から読む人がいるかも知れない。本書『かくも水深き不在』の刊行（二〇一二年七月）に際して書下ろされたこの一篇は、いかにも短篇小説らしい題名の四本のあとに並ぶと、あとがきの類《たぐい》かと最初に読まれかねないだろう。幸いまだ読まれていないのなら、最終話から取りかかるのは**絶対にやめていただきたい**。ありきたりの短篇集のように拾い読みせず、一ページ目から順を追って読むのが望ましい一冊なのだ。

実際には本書収録作品は、「恐い映像」（二〇一一年三月）、「鬼ごっこ」（同年八月）、「花の軛《くびき》」（同年九月二十日～十一月二日）、「零点《れいてん》透視の誘拐」（二〇一二年二月）と発表されてきた（「花の軛」のみ新潮ケータイ文庫ＤＸ、他は『小説新潮』掲載）ように、第一話と第二話が初出時とは逆順になっている。単行本ではこういう順序で読まれたいと作者が配慮したからにほかなるまい。

日本のミステリに詳しい読者なら、島田荘司『網走発　遥《はる》かなり』、若竹七海『ぼくのミステリな日常』、加納朋子『ななつのこ』、近くは岡崎琢磨『珈琲店タレーランの事件簿』などを思い出すかも知れない。これらは平成時代に入って顕著になってきた一つの傾向なのだが、島田作品を除いて、殺人といった凶悪犯罪を扱わない〝日常の謎《なぞ》〟系が目立つ。刺《し》戟《げき》的な事件が起らないぶん、衝撃の結末でインパクトを高めようとするせいだろうか。

しかし昭和三十三（一九五八）年、すでに山田風太郎が『誰にも出来る殺人』、その二十年ほど後にも『明治断頭台』を刊行している。昭和の終り頃では他に、皆川博子『花の旅　夜の旅』（別題『奪われた死の物語』）、山田正紀『人喰いの時代』などが見逃せないが、この両作家とも熱心な風太郎ファンであるのは偶然ではないだろう。

その風太郎ミステリに『棺の中の悦楽』と題する長篇があり、『匣《はこ》の中の失楽』で竹本健治がデビューしたとき、私はてっきりこれを（題名だけだが）もじったものだと早合点してしまった。一九七八年に出版された初刊本に友成純一が寄せた解説によれば、「探偵小説？　そんなもん『ドグラ・マグラ』と『黒死館殺人事件』と『虚無への供物《くもつ》』しか読んだことないわい！」と豪語したそうなのは誇張だろうが、『棺の中の悦楽』は題名すら初耳だったらしい。また、『ウロボロスの偽書』（一九九一年）で作中人物〝竹本健治〟が書く〈トリック芸者シリーズ〉は作中作の扱いから、本来の竹本作品として「メニエル氏病」（一九九二年）などへと発展してゆくが、風太郎の連作ミステリ『妖異《ようい》金瓶梅《きんぺいばい》』（一九五四年）がヒントなのかと読者から問われて、「エッ、そんな作品があるんですか？」と驚いたという。江戸川乱歩に先立つ日本探偵小説の祖・黒岩涙香が、その主宰する新聞「万朝報《よろずちょうほう》」の読者に暗号で挑戦したという架空の設定の風太郎短篇「明治バベルの塔――万朝報暗号戦」（一九八一年）は、さすがに『涙香迷宮』（二〇一六年）を書くに当たって参考にしたはずだが（って、竹本氏から新作の構想を聞かされた私がお教えしたのだが）、涙香の創案になる暗号という設定で代作する発想は偶然に一致したものだ。

羽住典子によるインタビュー「Man of the Year 2016 竹本健治」（『２０１７本格ミステリ・ベスト10』原書房）で、「……僕は資質が長編作家ではなくて短編作家だと思うので、一つ一つのシチュエーションを繋《つな》ぎあわせて長くしていくやり方は、デビュー時から変わらないようです」と述べられているが、この点も風太郎長篇と共通している。竹本氏は『囲碁殺人事件』（一九八〇年）に始まる〈ゲーム三部作〉があるように、自他ともに許す囲碁フリーク、ゲーム人間だが、碁や将棋を嗜《たしな》まない山田氏もひところ「願はくは麻雀《マージャン》の最中に死にたし」とか言うほどの雀狂だった。だが私がいま語りたいのは、竹本健治と山田風太郎の共通点ではない。と言いつつずいぶん語ってしまったが、竹本氏が結局、風太郎作品にあまり親しまなかったのは、資質に似た面がありすぎて、強いて摂取しても作家的滋養にならなかったからかも知れない。

そういう功利的読書ばかりしているわけではないだろうが、ミステリに限らず小説本をそれほどは読んでこなかった竹本氏（主に読むのは詰碁集）だが、まだ東京に住んでいた二十一世紀初めごろ、おすすめのミステリをどんどん貸すようにとリクエストしてきた。あくまで氏向きと思われるという条件つきだが、そのうち、とても竹本サンに有益だろう一冊に思い当たった。その作者名や題名をここに書くわけにはいかないが、英米仏のではない作家の、タイトルは仮に『投了地』としておこうか。いわゆる「探偵が犯人」とか「作中のAとA′が同一人物と読者に思わせて実は別人」といった、すでにパターンとして確立していて、どう演出するかにオリジナリティが発揮される技法で、例示したものほどには一般的でない。これを氏好みに味つけすれば一冊、書けるのではないかと恩着せがましく言うと、「じゃあ、今度の〈ミステリーランド〉（講談社）の書下ろしで使おうっかな」と読みもしないうちから。しかしその書下ろし『闇《やみ》のなかの赤い馬』（二〇〇四年。のち『汎虚学研究会』に全篇再録）は違うものになった。やがて本書『かくも水深き不在』に接して、ああ、やったなと、実は結末まで読んでようやく気づいたものだ。

　そういう印象が強くて初読当時は見逃していたが、そのパターンを使ったのは借り着のようなもので、本当は連城三紀彦ばりの作品を書きたかったのではないかと、再読して発見した。〈ミステリーランド〉シリーズには巻末に各著者の「わたしが子どもだったころ」というエッセイが添えられており、『闇のなかの赤い馬』では、「今でも子供です。すみません」と断り書きしたあと、こう述べられていたものだ。

「自分が子供だった頃に読みたかったようなものを書いてください、と宇山（日出臣＝企画編集者）さんに言われました。僕はいつもそういうものを書いているつもりなので、いつものように書きました。文章も特に子供向けにはしていません」（原文は句点ごとに改行）

　このような幼児性の自覚、開き直りの反面、大人らしい小説を書くことへの憧《あこが》れもあり、その目標が連城三紀彦作品ではなかったか。連城氏が第三回幻影城新人賞を受賞するより一年ほど先んじて、竹本氏は作家デビューしているが、連城氏のほうが少し年長というだけでなく、ごく初期から作風に大人の風格を漂わせていた。竹本氏は初短篇集『閉じ箱』（一九九三年）で巻頭に据えた「氷雨《ひさめ》降る林には」（一九八三年）について、このように自註《じちゅう》している。

「僕の短編のなかでは、最もいわゆるオトナっぽいものかも知れない。ありていに言ってしまえば、僕にも連城三紀彦さんのような世界が書けるだろうかという興味が、そもそもの執筆の動機だった。もちろん結果は似て非なるものになったが、問題はそれが僕なりのものになっているかどうかだろう」

連城作品を意図的に、もどくにせよ、たまたま近いテイストになったにせよ、本書『かくも水深き不在』が「氷雨降る林には」より格段の進境を示していることは間違いない。うっかりしていたが、とうに法月綸太郎が対談で、「……（「花の軛」は）題名に『花』という字が入っていることもあって、まるで連城さんの作品みたいだなって思った」と言い、竹本健治が当初の案では総タイトルを「隠花植物園」にして「各短編に花のイメージを入れようかなと」考えていたというのを受けて、「そう聞くと余計に、連城さんの花葬シリーズを連想しますね。四話目の『零点透視の誘拐』も、読みながら連城さんの『造花の蜜《みつ》』が頭をよぎりました」（『２０１３本格ミステリ・ベスト10』）と指摘している。紙面で竹本氏はそれを肯定も否定もしていないものの、

『かくも水深き不在』の最後の一行に、ある連城短篇（集英社文庫『美女』所収）を想起したのは私だけだろうか。

それは偶然の暗合かも知れないが、竹本氏が連城氏の最初の長篇『暗色コメディ』（一九七九年）を偏愛していたことは、一九八二年のＣＢＳ・ソニー出版からの再刊版に解説を書いたのは自発的だったそうだから間違いない。四人の人物がそれぞれ、自分か配偶者かが発狂したとしか思えない不可解な状況に取り込まれて精神科医に頼る『暗色コメディ』は、患者たちと医師たちの様相がカットバックで展開して錯綜感《さくそうかん》が強すぎ、必ずしも成功作とは言えない。こうした患者たちのエピソードを別個の短篇風にまとめて、よりすっきりした構成にしたのが『かくも水深き不在』だと読むことも可能だ。

また『暗色コメディ』では誰が探偵役になるのか最後まで明かされないことに苛立《いらだ》たしさを覚えるのに対し、『かくも水深き不在』は精神科医の天野不巳彦《あまのふみひこ》が超然と控えているので、読者は奇怪な物語に翻弄《ほんろう》されながらも安心感をもつ。それはホラー、幻想小説として読む場合、弱点と批判されかねないが、大丈夫、最後には読者を深い霧の中に置き去りにする竹本マジックが炸裂《さくれつ》する仕掛けだ。

天野は、『涙香迷宮』では十八歳になっている牧場《まきば》智久《ともひさ》がまだ十二歳の天才少年だった〈ゲーム三部作〉の第二作『将棋殺人事件』（一九八一年）に初登場する（作中での加齢が遅い！）。この三部作の常として智久は脇役《わきやく》に甘んじ、最終的に謎を解くのは大脳生理学者の須堂信一郎《すどうしんいちろう》だが、天野も出番は少ないながら重要な役割を務めたものだ。さらに『トランプ殺人事件』（一九八一年）では、天野が巻き込まれた事件を須堂に解明してもらうため小説体で報告する書き手となり、探偵役に近いポジションを占める『風刃《ふうじん》迷宮』（一九九八年）を経て、いよいよ真を打ったのが本書とも言えるだろう。

初登場時「眼のギョロリと大きな、しかしなかなか二枚目」程度にしか形容されなかった容姿も次第に彫り込まれ、『風刃迷宮』に登場する刑事の視点から見た天野は、「三十代後半と思《おぼ》しい、スラリと背の高い男」で、「凹凸《おうとつ》のはっきりしたバタくさい顔立ちで、髪にもゆるくウェーブがかかり、スーツの着こなしにもいかにも隙《すき》がない。突拍子もない連想だが、彼（刑事）が幼い頃に読んだ探偵物の本の挿し絵に描かれていた明智小五郎にそっくり」で、ホラー長篇『クレシェンド』（二〇〇三年）では人前でその「ウェーブのかかった髪をクシャクシャと掻《か》きまわし」たりする。まさに、活劇長篇から少年探偵団シリーズにかけての明智小五郎の、背が高く（『蜘蛛《くも》男』）凹凸のクッキリした（『化人幻戯《けにんげんぎ》』）西洋人のような顔（『透明怪人』）そのもので、モジャモジャの頭を指で掻き回す仕草も似ている。この癖は金田一耕助にも受け継がれたが、天才探偵でも風采《ふうさい》の上がらない点で金田一的な須堂信一郎（アメリカへ行って帰って来なくなる点も同じ）に代って、明智小五郎（天野不巳彦）が交替し小林少年（牧場智久）が名探偵に昇格したような感じもなくはない。

小賢《こざか》しい詮索《せんさく》はほどほどにして、かつて竹本氏が『暗色コメディ』に寄せた解説の一文を結びに代えさせてもらおう。

「ともあれ、読者はこの狂気の迷宮に似た世界に遊べばいいのである」

（平成二十九年三月、ミステリ評論家）

この作品は平成二十四年七月新潮社より刊行された。

かくも水《みず》深《ふか》き不《ふ》在《ざい》

新潮文庫　た－36－3

平成二十九年四月一日発行

著者　竹《たけ》本《もと》健《けん》治《じ》

発行者　佐藤隆信

発行所　株式会社　新潮社

郵便番号　一六二―八七一一
東京都新宿区矢来町七一
電話　編集部(〇三)三二六六―五四四〇
読者係(〇三)三二六六―五一一一
http://www.shinchosha.co.jp

価格はカバーに表示してあります。

乱丁・落丁本は、ご面倒ですが小社読者係宛ご送付ください。送料小社負担にてお取替えいたします。

印刷・大日本印刷株式会社　製本・株式会社大進堂

ISBN978-4-10-144603-5　C0193